Tanz mit mir

10 Geschichten

Ariel Hauptmeier (HRSG.)

Tanz mit mir
10 Geschichten

Herausgeber
Ariel Hauptmeier

**Gestaltung, Satz &
Titelbild**
Andreas Gregor

Kontakt
ariel.hauptmeier@web.de

Herstellung und Verlag
BoD – Books on Demand
Norderstedt

Copyright
Bei den Autoren*

ISBN 9783756878932

Bibliografische Information der
Deutschen Nationalbibliothek: Die
Deutsche Nationalbibliothek ver-
zeichnet diese Publikation in der
Deutschen Nationalbibliografie;
detaillierte bibliografische Daten
sind im Internet über dnb.dnb.de
abrufbar.

Inhalt

Vorwort

„Ich hatte schlicht zu wenig Zeit für das Schreiben, keine Zeit für große Würfe. Zur Kurzgeschichte fand ich also aus sehr praktischen Gründen", hat die kanadische Autorin Alice Munro einmal gesagt, 2013 mit dem Literaturnobelpreis für ihre Kurzgeschichten ausgezeichnet. Das ging uns ähnlich. Die Zeit war knapp, immer drängte schon die nächste Abgabe. Schließlich sind wir Journalisten*, im Strom der Zeit gefangen und immer kurz vor der nächsten Deadline. Und trotzdem haben wir uns am Ende hingesetzt und diese 10 Short Stories geschrieben.

Ein Jahr lang hatten wir uns Woche für Woche getroffen, um gemeinsam die Facetten des erzählenden Journalismus zu erkunden. Haben versucht, das Schwere leicht zu machen, das Komplexe übersichtlich, versucht, mit Worten durch die Welt zu tanzen. Und es gelang. Von Woche zu Woche schrieben wir leichtfüßiger.

Wie luftig und leicht und tief und überraschend die zehn schreiben – das können Sie nachlesen in diesem Band. Die zehn haben ihre Flügel ausgebreitet, haben sich gelöst vom Korsett der Faken und sind abgehoben ins Reich der Möglichkeiten. Leichtfedrig, leichtschnäblig schauen sie von dort hinab auf unsere Welt. Fliegen Sie mit!

Ariel Hauptmeier,
Dezember 2022

Margit Roth
Dr. Braun

Rot leuchten die Zahlen des Weckers in der Dunkelheit. 1.27 Uhr. Unruhig wälzt sie sich in ihrem Bett hin und her. Reißt die Augen auf, schreckt hoch. Ihr Nachthemd klebt an ihrem Körper. Im fahlen Licht der Straßenlaterne zeichnen sich die Konturen ihres Schlafzimmers ab. Der Schrank, die Kommode, der Stuhl, über dessen Lehne Hose und T-Shirt hängen.

Angestrengt lauscht Elsa in die Nacht. Nichts als dröhnende Stille.

Sie atmet einige Male tief ein und aus, steht auf und geht zur Toilette. Zurück im Bett zieht sie sich die Decke über den Kopf, schlägt sie wieder zurück, dreht sich zur anderen Seite. Irgendwann fällt sie in einen unruhigen Schlaf.

3.46 Uhr. Elsa wacht wieder auf. Ihr Mund ist trocken, sie hat Durst. Im Dunkeln tappt sie in die Küche und gießt sich ein Glas Wasser ein. Das Glas in der Hand geht sie zum Fenster, schaut auf die Straße. Der Asphalt schimmert regennass, die Straßenlampen schaukeln im Wind.

Vor dem Haus parkt ein weißer Sprinter, an der Vordertür ein Aufkleber mit einem roten Kreis, darin ein Äskulapstab und ein V für Veterinärmedizin. Dr. Thomas Braun, Großtierarzt. Ihr Nachbar aus dem Erdgeschoss.

Die Schiebetür des Transporters steht offen. Elsa beobachtet, wie ruckweise ein schwarzer Sack im Laderaum verschwindet. Braun springt aus dem Wagen und wuchtet den letzten Rest des schwarzen Sackes ins Auto. Mit Schwung zieht er die Tür zu. Braun verriegelt den Wagen, die orangen Blinklichter flackern dreimal auf. Mit seinem rechten Ärmel wischt er sich über die Stirn, seine schwarzen Handschuhe stopft er in seine Manteltasche. Ein schneller Blick nach rechts, nach links und im Gehen schließlich nach oben. Für einen kurzen Moment treffen sich ihre Blicke. Elsa zuckt zurück, die Gardine zittert.

Zurück im Bett starrt sie an die Decke. Ihr Herz rast. Erst als es zu dämmern beginnt, schläft Elsa ein.

7.00 Uhr, der Wecker klingelt. Ein schneller Espresso. Elsa sucht hektisch nach ihrem Schlüssel und rennt zur Bushaltestelle. Der Parkplatz vor dem Haus ist leer.

An ihrem Schreibtisch blättert sie fahrig in ihren Aktenordnern. Mit den Fingerspitzen versucht sie, den Kopfschmerz wegzumassieren. Immer wieder dreht sie mit geschlossenen Augen den Kopf erst in eine, dann in die andere Richtung.

Pünktlich um 12 Uhr kommt Caro in ihr Büro gestürmt, um sie zum Mittagessen abzuholen.

„Vegetarisch oder Currywurst mit Pommes?", lacht Caro und wirft ihre wilden Locken über die Schulter. Elsa sitzt an ihrem Schreibtisch, den Kopf auf die Arme gestützt. Caro stockt, mustert sie von oben bis unten.

„Was ist denn mit Dir los? Du siehst aus, als hätte Dich ein Lastwagen überfahren."

„Keine Ahnung, es war eine komische Nacht, irgendwie spooky."

Caro legt Elsa die Hand auf die Schulter.

„Komm, lass uns in die Kantine gehen. Ein bisschen Nervennahrung schadet Dir heute sicherlich nicht."

Während Caro genussvoll ihre Pommes aufspießt, stochert Elsa in ihrem Salat.

„Der Typ unter mir, es war echt gruselig heute Nacht. Mitten in der Nacht hat er so ein riesiges schwarzes Ding in sein Auto gezogen. So einen Sack. Ich glaube, er hat mich am Fenster gesehen. Der Typ hat was Brutales."

„Echt? Kennst Du ihn?"

„Nein, außer guten Tag und guten Abend haben wir noch kein Wort gesprochen. Irgendwie ist der Kerl seltsam, aber ich kann Dir nicht sagen warum."

„Wie lange wohnt er denn schon bei Dir im Haus?"

„Ein paar Monate."

„Hat er Freunde, Familie?"

„Keine Ahnung. Gestern war wohl jemand da."

Caro schiebt den Teller energisch zur Seite, ein paar Pommes fallen über den Rand. Sie zieht ihr Smartphone aus der Hosentasche und starrt konzentriert auf den Bildschirm, tippt und wischt.

„Ist er das?"

Caro schiebt ihr Handy zu Elsa. Dr. Braun lächelt zusammen mit einem Farmer in die Kamera. Aufgenommen wurde das Bild bei einer Rinderzucht-Ausstellung in Paraguay. Der Artikel ist zwei Jahre alt.

„Merkwürdig, außer seiner Praxis-Website und dem Rinder-Artikel ist über Braun nichts im Netz zu finden."

Früher als sonst schaltet Elsa ihren Computer aus und macht sich auf den Heimweg. In Gedanken versunken übersieht sie den Schüler auf dem Fahrrad, sein Klingeln lässt sie erschrocken zur Seite springen. Den freundlichen Gruß der Obsthändlerin erwidert sie nicht. Im Hausflur trifft sie Frau Zeller aus dem zweiten Stock. Mit ihrer durchdringenden Stimme empfängt sie Elsa herzlich.

„Gut, dass ich Sie treffe. Ich fliege heute Abend zum Golfen nach Málaga. Wären Sie so nett, meine Blumen zu gießen? Normalerweise kümmert sich Frau Baumgartner aus dem dritten Stock darum, aber die ist gerade selbst im Urlaub. Ich werfe Ihnen meinen Schlüssel in den Briefkasten."

Draußen wird es langsam dunkel. Elsa sitzt in ihrer Küche, sie hat sich Spaghetti gekocht. Lustlos dreht sie mit der Gabel in den Nudeln. Schließlich kippt sie ihr Abendessen in den Mülleimer und nimmt sich die Süddeutsche. Im Flur hört sie Frau Zeller mit ihrem Koffer die Treppe runter poltern.

Nach zwei Seiten legt sie die Zeitung entnervt weg. Sie geht zur Kammer und holt den Staubsauger heraus. Zuerst saugt sie alle Teppiche gründlich, dann nimmt sie den Aufsatz ab, geht in jede Ecke.

Es ist still im Haus. Sie nimmt das Telefon aus der Ladestation und wählt Caros Nummer. Nach dem fünften Klingeln springt der Anrufbeantworter an. Elsa drückt den roten Knopf, ohne eine Nachricht auf dem AB zu hinterlassen.

Im ZDF läuft eine Herz-Schmerz-Komödie, auf RTL Bauer sucht Frau und auf 3SAT etwas über Tiere. Elsa zappt durch die Kanäle, dreht den Ton laut und entscheidet sich für die rünstigen Bauern.

In der ganzen Wohnung brennt das Licht. Elsa geht in die Küche und nimmt sich ein Bier aus dem Kühlschrank. Vorsichtig schiebt sie die Gardine zurück und schaut. Der Parkplatz unter ihrem Fenster ist frei. Sie geht ins Bad, putzt sich die Zähne, zieht ihr Nachthemd an.

Im Wohnzimmer kontrolliert sie noch einmal die Fenster und die Balkontür, im Flur prüft sie, ob die Wohnung abgesperrt ist, rüttelt an der Klinke und zieht an der Türkette.

Schließlich schiebt sie die Klappe des Türspions zur Seite und späht durch das Loch. Von der anderen Seite starrt ihr das verzerrte Auge von Thomas Braun entgegen.

Sofie Czilwik
Nachbarschaft

Die Siedlung kennt keinen Tagesablauf. Der Morgen gleicht dem Mittag, dem Nachmittag, dem Abend. Selbst die Nacht wäre nicht zu unterscheiden, würde die Sonne nicht jeden Abend hinter den dampfenden Kaminen der Fabrik verschwinden. Keine Grundschulkinder, die kurz vor acht schreiend zur ersten Stunde hüpfen, keine kichernden Touristen, die abends beschwipst in Bars einfallen, keine streitenden Pärchen, keine grölenden Fußballer, keine Bassklänge aus getunten BMWs. In der Siedlung sind die Straßen immer gleich leer, die Fassaden der Hochhäuser immer gleich grau und alle menschlichen Geräusche werden von dem Rauschen der Autobahnen verschluckt, die sich um die Siedlung schlängeln.

Dieses Rauschen. Anfangs schaffte Melli noch sich einzubilden, das Rauschen ähnele dem des Meeres. Sie träumte sich an den Strand, fügte das Zwitschern der Möwen, das Rieseln des Sandes hinzu. Doch sich selbst zu täuschen funktioniert eben nur so lange, wie man dazu bereit ist. Und Melli ist es schon lange nicht mehr. Sie gibt schon lange nicht mehr mit der weiten Aussicht ihrer Wohnung im 12. Stock an, mit der günstigen Miete und der tollen Anbindung (nur 15 Minuten mit der U-Bahn) ins Stadtzentrum. Sie erzählt überhaupt nicht mehr wo sie wohnt. Sie schämt sich, dass ihr zu Hause eine Hochhaussiedlung[HW1] am Rande der Stadt ist und nicht in einem der heimeligen Vierteln im Zentrum, in denen die Bewohner den Gemüseverkäufer, die Buchhändlerin, die Bäckerin und den Fahrradmonteur beim Namen kennen. Wo der Duft nach geröstetem Kaffee und gebrannten Mandeln durch die Straßen zieht und Fahrradfahrer freundlich mit ihrer Klingel bimmeln. Doch nach zwei Jahren erfolgloser Suche nach einer Wohnung, in die

mehr passt als ein Bett, ein Schrank, ein Tisch, und die nicht den Groß-
teil des Einkommens frisst, zogen Melli und ihr Mann Martin dorthin,
wo das Wort Gentrifizierung ein Fremdwort geblieben ist. Dahin, wo
die Alten wegsterben und die Wohnungen trotzdem leer bleiben. Denn
schließlich brauchen sie jetzt mehr Platz und eine sichere Bleibe, keine Wohnung, in der sie in ein paar Monate zwecks Eigenbedarf oder
Renovierung rausgeschmissen werden. Jetzt wo es endlich geklappt
hat, mit dem Baby. Auch wenn der Geruch nach Beton in Mellis Haaren
kleben bleibt, wenn sie ihre alten Freundinnen in der Stadt in ihren re-
novierten Altbauten besucht. Und sie auf ihren Schultern und in ihrer
Handtasche den grauen Staub mitschleppt, der sich überall in der Siedlung breit macht, von dem sie nie verstanden hat, woher er eigentlich
stammt. Von der Autobahn? Von der Fabrik?

Was hasst sie mehr – den Staub oder das Rauschen, fragt sich Melli,
als sie die schwere Glastür zum Hochhaus aufdrückt. Eine Tasche über
jeder Schulter, ein Rucksack auf dem Rücken und ihr Baby-Bauch vorne, Melli schleppt sich wie ein nasser Hund zum Fahrstuhl. Eigentlich
sollte sie nicht so schwer tragen, in ihrem „Zustand", wie es ihre Ärztin, ihre Hebamme und ihre Mutter immer stets einbläuen. Selbst die
Verkäuferin an der Kasse im Supermarkt beäugte sie skeptisch, als sie
ihren Rucksack und zwei Taschen schulterte: „Ganz schön viel, was sie
da einkaufen. Und das in ihrem Zustand!" Melli ärgert sich über diese
Maßregelungen, sie ist ja kein Kind mehr. Und doch wächst eine Angst
in ihr, die sie in sich klein und versteckt hält und doch pflegt, weil sie
sich so an sie gewöhnt hat. Schadet sie nicht ihrem Baby, wenn sie zu
schwer schleppt? Sie schiebt den Gedanken beiseite und fährt in die
12. Etage. Hoffentlich bleibt der Fahrstuhl nicht wieder in der 7. Etage
stecken bleibt, das letzte Mal saß sie ganze 50 Minuten fest, bis Herr
Kipper aus der 6. ihre Rufe hörte und den Service-Dienst der Woh-
nungsgesellschaft verständigte. Doch der Fahrstuhl zurrt nach oben,
ohne Ruckeln, ohne Halt. Angekommen, packt Melli ihre Einkäufe und
tritt in den Flur.

„Ah!" Die Nachbarin steht vor ihr, als hätte sie auf Melli gewartet. Wie
unangenehm, sie versucht diese kleine Frau mit blonden Locken, dem
fliegenden Blick und dem langen Mantel aus falschem Fell, den sie bei
allen Temperaturen zu tragen schien, so gut es geht zu vermeiden. „Ich
habe überall geklingelt, kein Schwein macht auf!" Die Nachbarin klingt
überdreht. In den vielen Stunden, die Melli seit sie schwanger ist, al-

lein zu Hause verbringt, malt sie sich für die Nachbarin alle möglichen Leben aus. Einer Arbeit mit geregelten Zeiten scheint sie nicht nachzugehen. Manchmal verlässt sie die Wohnung um sieben Uhr in der Früh, manchmal erst um 14 Uhr. Dann zieht sie eine Tasche auf Rollen hinter sich her, wie die alten Frauen in den Discounter. Aber hin und wieder hängt über ihrer Schulter eine Tasche, die sehr teuer aussieht. Meistens ist sie allein, doch manchmal auch in Begleitung eines hageren Mannes in Arbeiterkleidung oder einer Gruppe von Leuten, die laut lachen und singen. Melli, die diese Frau seit Wochen durch das Loch in ihrer Tür beobachtet, ist sich an manchen Tagen sicher, dass diese Frau für den Geheimdienst arbeitet und in der Tasche auf Rollen ihre Kostüme und Perücken zur Tarnung aufbewahrt. Oder sie ist ein Call-Girl und wird von reichen Männern gebucht, dazu würde die teure Tasche passen. Auf jeden Fall geht sie oft nachts in Clubs, in denen sie die ganzen Leute kennenlernt, die dann bei ihr übernachten. Sie nimmt sicher Drogen, vermutet Melli, mindestens Koks, vielleicht sogar Heroin.

„Wie geht's, Nina?", sagt die Nachbarin, sie klingt so selbstbewusst und spricht so deutlich, dass Melli zusammenzuckt.

„Melli", sagt Melli auch wenn sie selbst nicht weiß, wie die Nachbarin heißt. Birgit? Anna? Auf ihrem Klingelschild steht „Schön". Frau Schön also streckt Melli eine Tasse hin.

„Hast du Zucker? Für den Kaffee?" Melli nickt und nimmt die Tasse mit der freien Hand. Vor ihrer Wohnungstür lässt sie die Einkaufstaschen fallen, nimmt den Schlüsselbund, den sie sich wie ein Schulkind um den Hals gehängt hat, und schließt auf. Erst da bemerkt sie Frau Schöns Blicke.

„Schwanger also, ja? Haste ja gar nicht erzählt! Herzlichen Glückwunsch, welcher Monat?"

„Siebter."

„Na dafür ist er aber noch klein, Christina war im siebten Monat schon `ne richtige Tonne." Wer Christina war, wusste Melli nicht und ihr Bauchumfang war ihr egal. Seit sie schwanger ist, ist ihr Bauch für andere zu klein, zu dick, zu spitz, zu flach, einfach nie so wie er sein sollte, immer unnormal. Sie kennt das und trotzdem steigt wieder diese Angst in ihr auf, während sie in die Küche trabt, die Einkaufstaschen auf dem Tisch abstellt und nach der Zuckerdose greift: Vielleicht ist doch was mit dem Baby? Der letzte Arztbesuch ist drei Wochen her, vielleicht wächst es nicht mehr? Und wann hat es sich das letzte Mal bewegt? Vielleicht stimmt etwas nicht?

Frau Schön läuft durch ihren Flur, Melli beeilt sich, ihr den Weg in die Wohnung zu versperren. Die fehlende Distanz dieser Frau stößt Melli auf, seit sie hier eingezogen ist. Kaum waren ihre Kisten ausgepackt, klingelte Frau Schön an ihrer Tür. Nicht um die Neuen Willkommen zu heißen, sondern um sich Geld zu leihen. 20 Euro für Zigaretten. Kosten die jetzt wirklich so viel? Die Muffins, die Melli zum Einstand jedem Nachbarn auf der Etage schenken wollte, fror sie daraufhin ein und aß sie die nächsten Wochen selbst.

„Der Zucker," Melli drückt die Tasse in Frau Schöns Hand. „Kommst du rüber, auf ` nen Kaffee?" Eigentlich hatte Melli keine Zeit, sie wollte für die Woche vorkochen. Aber eine Einladung einer Nachbarin! Wie nett! Sie nickt.

Frau Schöns Wohnung sieht aus wie auf den Einrichtungsposts, die Melli auf Instagram angezeigt werden und die sie sich stundenlang anschaut. An den Wänden hängen mintgrüne Leuchter, die den Flur in weiches Licht hüllen, ein pastellfarbener Teppich aus wollenen Noppen, auf dem man seine Füße vergraben möchte, führt in das Wohnzimmer und ist das echtes Parkett, was Melli da betritt? Sie lässt sich in das ausladende Sofa aus dunklen, weichen Polstern sinken und sucht nach Smalltalkfloskeln. Doch sie bleibt stumm. In ihrem Kopf versucht sie die Bilder, die sie über Wochen von ihrer Nachbarin gezeichnet hat und die sie gleichzeitig verachtet und bewundert hat, mit dieser Wohnung in Einklang zu bringen. Einer Wohnung, in der Melli gerne leben würde. Mit Möbeln, die neu und glatt strahlen und nicht aus zweiter Hand stammen, wie die drüben in ihrer eigenen Wohnung.

„Wir hatten ja nie die Gelegenheit uns richtig kennenzulernen," sagt Frau Schön, als sie mit einer Kaffeekanne und zwei Tassen ins Zimmer tritt. Melli beginnt sich wohl zu fühlen.

„Schwanger also, ja? Gewollt, geplant?" Geplant? Das Wort trifft Melli dumpf, das wohlige Gefühl verwandelt sich in Übelkeit. Frau Schön hatte ja keine Ahnung. Melli sinkt tiefer ins Sofa, bis es sie, wie sie hofft, verschluckt.

Frau Schön redet weiter. Von Christina, von deren Schwangerschaft, von einer anderen Christina oder derselben, von einem Taifun, von Rita, von Kindern, von Hunden, Melli könnte nicht folgen, auch wenn sie zuhören würde. Sie muss an die Stunden in der Praxis denken, an den Geruch von Desinfektionsmittel und den Trockenblumen, die überall auf den Tischchen in kleinen Schalen verteilt waren, um den Wartenden ein wohliges Gefühl zu vermitteln. Warten auf die Arzthelferin, die ihren Namen ruft, warten auf die Ärztin, die die Ergebnisse der Befunde bringt, warten auf ein Ja, es hat geklappt, nein, das wäre dann das letzte Mal, danach sind sie Selbstzahler. Ja, das ist teuer, nein, die Krankenkasse macht keine Ausnahmen. Martin und sie hatten extra geheiratet, damit die Kosten für die künstliche Befruchtung übernommen wurden, auch wenn sie sich immer noch einreden, es wäre aus Liebe und Verbundenheit gewesen. Eine Hochzeit aus Überzeugung eben. Währenddessen wurde ihre beste Freundin schwanger, einfach so. Ihre Cousine bekam Zwillinge, ohne Probleme, wie es scheint. Alle ihre Schulfreundinnen hatten bereits Kinder, nur sie nicht. Selbst ihre ehemalige Mitbewohnerin, die nie Kinder wollte, traf sie eines Tages im Kino mit leuchtenden Augen, einem Glanz auf der Haut und einem dicken Bauch unter ihrem figurbetonten Kleid.

Als es dann bei Melli endlich geklappt hat nach vier Jahren, nach büschelweise Haar, das sie gelassen, nach der Akne, die ihr Gesicht und Dekolleté entstellt hat und nach den hunderten Stunden von Verzweiflung, Wut, Trauer und der ständigen Frage, wozu das Ganze, dann endlich die zwei Streifen auf einem der fingergroßen Schwangerschaftstest, die Melli im Spiegelschrank über dem Waschbecken hortete, blieb nur das schlechte Gewissen, darüber, dass die unbändige Freude fehlte.

"Was hättest du denn gemacht an meiner Stelle?" Frau Schön richtet die Frage direkt an Melli und scheint eine echte Antwort zu erwarten.

„Was?"

„Ich meine, die Typen haben sich abgesprochen, verstehse? Den Kratzer hab' ich auf keinen Fall in ihre Karre gefahren, der war schon da. Das war ich nicht." Melli versteht nicht, wie Frau Schön von Christina zu einem Auffahrunfall gelangt ist. Sie schaut in ihre Kaffeetasse. „Ne, das war schon richtig so!", sagt sie und hofft, dass ihre Antwort passt. Frau Schön starrt Melli an, sie verzieht ihr Gesicht, der rechte Mundwinkel wandert nach oben, der linke bleibt unten. Melli ist sich nicht sicher, ob sie eine Grimasse schneidet.

„Ja, das denk' ich auch," sagt Frau Schön und scheint zufrieden. Und dann: „Alles gut eigentlich mit dem Baby? Große Verantwortung, was? Meine Schwangerschaft war ja unkompliziert."

„Ich mach' mal das Fenster auf, in Ordnung? Ich brauch' frische Luft." Melli hievt sich aus dem Sofa und schiebt den dünnen Vorhang vor dem Fenster zur Seite, das bis zum Boden reicht. Als sie das Fenster öffnet, zieht ein kalter Wind ins Zimmer. Sie greift an die hüfthohe Balustrade aus Beton, ein kleiner Vorsprung, der einen Balkon imitiert, und lehnt sich leicht nach vorn. Von hier aus ist die Fabrik gar nicht zu sehen. Dafür ein Wald, zu dem von der Siedlung aber kein direkter Weg führt.

„Ich wusste gar nicht, dass du ein Kind hast," sagt Melli und lässt den Blick über den Wald schweifen. Warum ist es so schwer von hier aus, dahin zu kommen, fragt sie sich. „Wie alt ist es denn, dein Kind?"

Eine Stille breitet sich im Raum aus, als wäre sie mit dem offenen Fenster eingezogen.

„Fünf Jahre." Ein Ratschen und Zischen und ein tiefer Atemzug von Frau Schön. „Bei offenem Fenster ist das ok für dich, oder?" Sie hält Melli ihre Zigarette vors Gesicht und lehnt sich ebenfalls an die Balustrade. Irgendwie wäre es nett gewesen, eine Freundin in der Siedlung zu haben. Eine, mit der man eine Zigarette am Fenster mit Blick auf den Wald teilt, denkt Melli und tritt vom Fenster weg.

„Fünf Jahre, wow," sagt Melli.

„Ja", sagt Frau Schön und es ist das erste Mal, dass sie nur eine Silbe spricht. Auch sie schaut jetzt auf den Wald. Melli betrachtet Frau Schöns Profil, ein schönes Gesicht hat sie, denkt Melli. Von Nahem ist Frau Schön gar nicht so klein, sondern sogar größer als Melli. Und wieder spürt sie Angst, aber keine, die aus ihrem Inneren aufsteigt, sondern eine, die von außen in sie eindringt. Warum sagt Frau Schön nichts mehr?

„Und... wo wohnt es, das Kind, also dein Kind?" Melli spricht die Wörter aus, bekommt sie nur schwer über die Lippen und merkt, dass sie die Antwort gar nicht hören will.

„Beim... Vater?"

Frau Schön schaut Melli an und diesmal ist der Blick fest.

„Ich hab's nicht mehr. Ich hab's weggegeben."

Melli versteht nicht, als wären diese Worte zu schwer, um in ihr Bewusstsein zu dringen. Sie öffnet den Mund: „Weg? Das Kind! Aber wie... wieso?"

Frau Schön drückt ihre Zigarette auf der Balustrade aus und schnippt sie in die Weite. Der Stummel zeichnet einen Bogen in die Luft und verliert sich in der Tiefe. Frau Schön geht auf Melli zu, ihre Hand bewegt sich in ihre Richtung, als wollte sie Mellis Arm fassen, doch Melli wehrt ab, drückt Frau Schön von sich weg, so fest, dass diese ihr Gleichgewicht verliert, gegen den Fensterrahmen knallt, sich versucht daran festzuhalten, aber abrutscht und gegen die Balustrade kippt, die ihren Körper nicht hält, sondern unter seinem Gewicht wegbricht. Und Frau Schön fällt, ohne einen Laut, ohne einen Schrei. Nur ihr verdutzter Blick hängt noch eine Sekunde im Fenster, wie in Zeitlupe.

Melli bleibt im Raum stehen, als würde jemand zurückspulen und das Stück Balustrade und Frau Schön gleich wieder auftauchen. Doch die Zeit schreitet nur in eine Richtung. Den dumpfen Aufprall von Frau Schöns Körper auf dem Asphalt nimmt Melli nicht wahr. Denn sie spürt einen leichten Tritt ihres Babys in die Seite. Es ist alles gut, denkt sie und legt ihre Hand an die Stelle auf dem Bauch. Beim Hinausgehen streift sie mit den Fingern nochmal den weichen Stoff des Sofas. Wie es Frau Schön wohl schafft, dass der Staub sich in ihrer Wohnung nicht breit macht? Weder das Sofa noch die Regale sind mit der grauen Schicht bedeckt.

Dann fällt Mellis Blick auf das Schlüsselbrett, bevor sie die Wohnungstür öffnet. Daran hängt eine Mitarbeiterkarte eines Pflegedienstes. Briefmarkengroß ist darauf Frau Schöns Gesicht abgebildet, das Melli freundlich anlächelt. Kamilla Schön steht darauf. Pflegefachkraft.

Carola Dorner
Die weiße Frau von Neuenfels

Hoch oben in der bequemsten Astgabel der langgewachsenen Birke im Burghof, dort sitzt sie gerade am liebsten. Die Beine baumeln, sie lehnt sich gegen den Stamm und lässt den Blick schweifen über den Schwarzwald, über die Reben und die Rheinebene. Sie sieht bis zu den schneebedeckten Vogesen, davor der Kühlturm des AKW Fessenheim. Inzwischen ist der Baum so hoch, dass sie über die Ruinenmauern schauen kann, ohne sich zu strecken. Der Baum steht im ehemaligen Festsaal. Hier werden jetzt schon seit 500 Jahren keine Feste mehr gefeiert.

Es ist Herbst, aber die Blätter sind noch grün, ein paar Wochen, dann werden sie sich färben. Sie kann den Herbst schon riechen, das modrige Laub, die Kastanien, die harzigen Tannen. Die Rinde der Birke reißt an manchen Stellen ein, das ergibt die weiß-grau-moosige Färbung, vor der sie fast verschwindet. Eigentlich braucht sie sich nicht verstecken. Menschen schauen nach unten, nie nach oben. Es war schon immer so. Setz dich in einen Baum, leicht über Augenhöhe, niemand wird dich bemerken.

Das hatte sie schon als Kind festgestellt. Wenn es ihr auf der Burg zu trubelig wurde, wenn der Vater sie suchte und wollte, dass sie den Mägden in der Küche hilft, wenn Reiter kamen, oder später als sie 15 wurde und es immer wieder um die Frage ging, an wen sie verheiratet werden könnte, dann versteckte sie sich in den Bäumen. Oft saß sie dort oben und beobachtete das Kommen und Gehen, ohne selbst bemerkt zu werden. Manchmal hatte sie einen Bogen dabei und erschreckte jemanden, indem sie Pfeile ins Gebüsch schoss. Es pfiff, es raschelte, die Leute schreckten auf. Sie war eine gute Schützin.

Noch besser als schießen, konnte sie verschwinden. Manchmal blieb sie lange im Baum, beobachtete Tiere und hielt still. Sie sah Eichhörnchen Nüsse verbuddeln, Rehe, die junge Tannen knabberten, sie hörte die Rehböcke heiser bellen und roch die süßlich stinkenden Wildschweine. Sie blieb still, wenn jemand sie suchte. Blanche, rief der Vater sie, komm raus. Eigentlich hieß sie Clara. Aber weil sie so rätselhaft war und überhaupt nicht klar, weil ihre Haut und ihre Haare schon zu Lebzeiten so hell und blond schienen, fast durchsichtig, nannten sie sie Blanche. Ein französischer Reiter hatte ihr den Namen gegeben. Elle est blanche comme neige. Hier gingen die Sprachen immer durcheinander. Elsässer, Badener, Württemberger, Schweizer. Boten und Reiter brachten unterschiedliche Sprachen mit, jeder hinterließ Spuren in den Namen. Ihr Vater, der eigentlich Christoph hieß, wurde mal Christophe genannt, mal Ritter Stoffel. Da hatte sie es mit Blanche gut getroffen.

Es kamen nicht viele Besucher vorbei. Vermutlich waren ihre Vorfahren menschenscheu, als sie vor ein paar hundert Jahren die Burg auf den Fels setzten. Wanderer waren immer überrascht, wenn sie den steilen Weg hoch kamen, wie plötzlich die hohen, rauen Mauern sich vor ihnen aufbauten, lange hatten sie beim Aufstieg nichts von der Burg gesehen. Nicht nur, dass die Burg schwer zu finden war, der Aufstieg war anstrengend. Wenn früher jemand aus Britzingen den steilen Weg hochstieg, wollte er etwas Wichtiges.

Deshalb hatte der Vater auch den Hund abgerichtet, dass er mit dem Korb in den Ort ging und Fleisch für alle holte. Eine Dogge, riesengroß und graublau, mit tiefen Triefaugen und hängenden Lefzen. Der Nacken wurde vom Körbetragen immer muskulöser. Die Leute von Britzingen kannten den Rüden mit dem Korb. Der Metzger nahm einen Beutel voll Münzen aus dem Korb und füllte ihn mit Lebensmitteln. Dann stieg der Hund hinauf auf die Burg. Er brauchte etwa eine halbe Stunde durch die Reben und den Wald. Hechelnd kam er an.

Manchmal, wenn sie in einem Baum saß und niemand ahnte, dass sie alles hören konnte, raunten fremde Männer rund um die Burg etwas von einem Schatz. Ging es um einen Kirchenschatz, der in den Wirrungen von Reformation und Gegenreformation hierher gerettet und versteckt wurde? Ging es um geheime Bücher? Zaubersprüche, Formeln, Astrologie, den Stein der Weisen? Ging es um die Silber-Adern, die den Berg durchzogen? Suchten sie neue Verfahren, um dem Berg noch mehr Schätze zu entreißen? Einer der Silberstollen führte unter der Burg durch, ein Geheimgang, verschlungen, dunkel, eng, feucht. Stimmte es, dass hier nachts Männer zusammenkamen, die wussten, wie sie Gold herstellen konnten? Manchmal kamen sie durch die Stollen geschlichen, tauchten auf der Burg auf - und verschwanden wieder.

Ein paar Mal hatte sie Männer gesehen mit rußgeschwärzten Gesichtern. Waren sie dunkel vom Schwarzpulver? Oder kamen sie dreckigschwarz aus der Tiefe der Gänge? Sie wusste es nicht. Aber es gab Gerüchte, Gemurmel, Gewisper. Sie konnte es hören in ihrem Versteck. Ihr Vater musste ein Geheimnis haben. Einmal, im Jahr 1539, gab es eine große Aufregung; im Nachbarort Staufen war ein Schwarzkünstler hochgegangen. Es hatte ihn beim Experimentieren mit einem lauten Knall in Stücke gerissen: Dr. Faustus. Einmal meinte sie, ihn auf der Burg gesehen zu haben. Reiter aus Staufen sagten, er sei mit dem Teufel im Bunde, der habe ihn geholt bei der Explosion. Manchmal krachte es auch hier im Berg. Dunkles Gemurmel hörte sie, und Rumoren in den Gängen.

Dann kam die Nacht ein Jahr später. Die Männer tauchten so plötzlich auf, dass nicht einmal sie etwas bemerkt hatte. Sie musste auf dem Baum vor dem Fenster eingeschlafen sein, als sie versuchte herauszufinden, was nachts vor sich ging in der Burg, in den Stollen und im schwarzen Wald. Die drei Reiter hatten die Hufe ihrer Pferde mit Lappen umwickelt, damit das Hufgeklapper nicht zu hören war. Wie so oft war das Tor nicht gut gesichert. Die Männer kannten sich aus, aber nicht gut genug. Sie raunten von einem Schatz, aber sie fanden ihn nicht. Erst wachte die Dogge auf, sie knurrte, bellte und rannte in die Halle, die Männer zogen das Schwert und durchbohrten den Hund. Stühle und Tische fielen um.

Der Tumult weckte sie alle, die Knechte, die Mägde und den Vater. Der Kampf dauerte nicht lang. Verschlafene Burgbewohner gegen bewaffnete Räuber. Am Ende waren alle Burgbewohner tot. Blanche drückte sich in die Rinde des Baums. Niemand sah sie. Niemand ahnte sie. Niemand hörte sie. Die Männer suchten und suchten in der Burg und im Burghof. Als die Erstarrung sich löste, nahm sie ihren Bogen. Drei Pfeile schoss sie durch die Fenster in schneller Folge. Es klapperte und schepperte in der Burg. Die Männer sprangen auf die Pferde und verschwanden im Wald.

Sie rührte sich nicht. Tagelang. Da lagen sie im Blut. Der Vater, seine Gefährtin, die Mägde, die Knechte, der Hund. Acht Menschen, eine Dogge. Sie wartete und wartete. Würden die Mörder wiederkommen, weil sie nicht gefunden hatten, was sie suchten? Sie rührte sich nicht. Nach drei Tagen hörte sie Menschen. Der dicke Metzer von Britzingen stieg atemlos schwitzend den Berg hoch mit zwei Männern aus dem Dorf. Sie hörte sie reden, sie rührte sich nicht. Da stimmt was nicht, sagte der Metzger. Drei Tage ist der Hund nicht gekommen, da stimmt was nicht. Sie fanden das Tor offen, sie fanden die Toten. Blanche rührte sich nicht.

Am nächsten Tag kamen der Richter und der Pfarrer. Sie suchten nach Erklärungen und konnten keine finden. Acht Leute erschlagen, war es ein Raubüberfall, war das Geheimnis schuld? Wer waren die Mörder? Sie suchten und sie fanden nichts. Alles wurde protokolliert, nichts wurde geklärt. Niemand merkte, dass die Tochter nicht unter den Toten war.

Blanche hatte alles gesehen und sagte doch nichts. Sie sprach nicht mehr, sie aß nicht mehr, sie rührte sich nicht in ihrem Baum. Die Familie wurde in Britzingen beerdigt. Die Burg verfiel erstaunlich schnell. Niemand wollte dort wohnen am Ort des ungeklärten Verbrechens. Sie rührte sich nicht, blieb in der der Nähe der Burg und auf den Bäumen, wo niemand sie sah, weil die Menschen immer runter schauten, nie hoch. Wie die Burg, so wurde auch sie immer weniger, immer heller, immer durchscheinender. Ein weißer Hauch auf einem Baum. Der weiße Nebel wunderbar.

Manchmal gleitet sie vom Baum und schleicht durch die Gänge rund um den Berg und sucht in den tropffeuchten, moosigen Stollen im Berg nach dem Geheimnis, nach dem Grund für den Überfall. Sie findet Silberminen und Halbedelsteine, sie taucht hier auf und taucht dort auf und wabert und schleicht weiter. Sie wandelt durch den Schwarzwald. Und verschwindet wieder. Und findet keine Ruhe. Manchmal, wenn sie die Wege benutzt, wird sie gesehen oder geahnt. Dann sprechen die Leute wieder von der weißen Frau von Neuenfels. Die einen sagen, sie sei eine Hexe, andere, sie sei eine Heilerin, wieder andere sagen, es gebe sie gar nicht, sie sei nur der Nebel.

Selten sprach sie jemanden an, wenn sie dachte, ein Schusterjunge oder einer der Wanderer könne ihr helfen, dem Geheimnis auf den Grund zu gehen. Dabei war sie selbst schon ein Geheimnis geworden. Meistens blieb sie in den Bäumen, weiß und durchscheinend, und beobachtete alles. Die Bergleute, die Ritter, die Wanderer in Funktionskleidung. Sie kamen und gingen. Sie kannten die Geschichte vom Mord auf der Burg und raunten ihre Vermutungen in den dunklen Wald. Aber der Wald behielt sein Geheimnis für sich.

Katharina Jakob
Tanz mit mir

1.

Sie fängt einen Blick auf, aus der Ecke des Saales. Die stumme Frage „Willst du mit mir tanzen?" verlangt jetzt eine Antwort. Schaut sie zu Boden, heißt das Nein. Erwidert sie den Blick, wird der Mann zu ihr kommen. Wird den kompletten Saal durchqueren, sich zwischen den Tanzenden hindurchschlängeln, bis er vor ihr steht. Erst dann wird sie aufstehen. So will es das Ritual, der Cabeceo. Nichts ist so peinlich, als wenn du schon dastehst in all deinem Glanz, abholbereit, und der Kerl hat die Frau hinter dir gemeint.

Also sieht Marlene ihn an, lächelt und bleibt sitzen. Der Mann löst sich aus seiner Ecke. Er trägt einen schwarzen Wollpulli, hat einen Kinnbart und weiche Gesichtszüge. Sie erhebt sich, als er ihr die Hand reicht. Er ist ein guter Tänzer, das hat sie schon gesehen. Tango kennt keine feste Schrittfolge wie andere Tänze, Tango lebt von der Improvisation und davon, dass der Führende klare Impulse setzt. Marlene ist Anfängerin. Aber wenn der Mann da vor ihr ein Könner ist, wird er sie tanzen lassen, als sei sie seit Jahren dabei.

Er umfasst sie. Marlene fühlt den Schweiß, der durch den Pulli des Mannes dringt, riecht sein Aftershave. Er fasst sie so eng, dass sie ihre Schläfe an seine legen muss, ihre Brust presst sich an seinen Oberkörper. Dann schieben sich seine Beine vorwärts. Sie kann genau spüren, was er will, es geht ganz leicht. Plötzlich macht sie Drehungen, die sie nicht kennt. Vollführt sogar die koketten Kicks aus dem Kniegelenk, mit denen erfahrene Tänzerinnen eine Figur abrunden. Alles, was sie tun muss, ist weich zu bleiben und mit ihrem Körper seinem zu folgen. Mehr nicht.

Sie haben noch kein Wort miteinander gesprochen, als der Tanz endet. Der Mann hat strahlende braune Augen. Er will etwas zu ihr sagen und verzieht dann plötzlich das Gesicht. Wendet sich ab und kneift die Augen zusammen. Dann niest er. Einmal, ein zweites Mal, noch heftiger.

„Entschuldigung", sagt er. Und niest schon wieder. Der zweite Tango setzt ein, aber der Mann lässt jetzt Marlenes Hand los und presst sich mit zwei Fingern die Nase zu. Sagt noch einmal „Entschuldigung", führt sie dann eilig zu ihrem Tisch zurück. Zwischen den Niesanfällen hört Marlene ihn sagen: „Es tut mir so leid." Niesen. „Ich bin hochgradig allergisch gegen Hundehaare, hast du..." Niesen. „Einen Hund?

2.

Als Marlene nach Hause radelt, flucht sie. Lupin. In ihrer Wohnung sitzt Lupin. Ein riesiger, alter Husky, der nicht ihr gehört, sondern Heiko, ihrem Ex. Doch seit drei Tagen ist Lupin diesem Ex abhandengekommen. Dafür kann sie im Grunde nichts. Es war Zufall, dass Heikos Neue und sie fast zeitgleich beim Biosupermarkt ankamen. Diese Sportskanone Miriam auf ihrem Aero-Renner-Carbon-Triathlon-Superfahrrad mit den sehr durchtrainierten Beinen in sehr knappen Shorts. An ihrem Handgelenk baumelte Lupins Leine. Der Hund humpelte in der Hitze neben Miriams Rad. Konnte kaum Schritt halten, die Zunge hing ihm aus dem Maul. Und dann stieg Miriam-die-schon-beim-Ironman-in-Hawaii-war-stell-dir-vor von ihrem Fahrrad, schloss es mit zwei gewaltigen Sicherungsbügeln an einen Ständer, Rad vorn, Rad hinten, ließ noch ein drittes Schloss einrasten. Und leinte Lupin daneben an, ungesichert. Verschwand mit wippendem Pferdeschwanz im Laden.

Marlene ging auf den Hund zu. Er erkannte sie sofort und versuchte, sich auf seine Hinterbeine zu stellen, kam aus dem Gleichgewicht und setzte sich rasch wieder. Lupin, murmelte sie, alter Junge. Drückte ihr Gesicht in den Kragen aus Fell. Fing an zu weinen, der Geruch brachte alles jäh zurück. Das Leben mit Heiko, die Tage mit Mann und Hund, die Spaziergänge am Wasser, das Lupin über alles liebt, die Kuschelabende zu dritt auf dem Sofa. Die plötzliche Trennung.

„Du, ich habe heute im Kraftraum eine Triathletin getroffen. Sie war schon beim Ironman in Hawaii."

Einige Tage später: „Miriam hat ein paar Leute aus unserem Fitnessclub zu sich nach Hause eingeladen. Mich auch, sie will uns ihre neuen Trainingsgeräte zeigen, wird wohl etwas später."

Dann: „Miri trainiert mich jetzt. Sie meint, ich soll zuerst den Berlin-Marathon anpeilen, dann sehen wir weiter."

Und schließlich: „Ich werde zu Miri ziehen. Meine Schlüssel liegen auf dem Tisch im Flur. Es tut mir sehr leid."

Als sie ihr Gesicht aus Lupins Kragen hob, sah der Hund sie mit seinen lichtblauen Augen an, wie ein alter Freund, bei dem sie sich ausweinen konnte. „Komm", sagte sie zu ihm, löste die Leine vom Fahrradständer und ging mit Lupin nach Hause. Er folgte ihr, ohne zu zögern, in sein altes Heim.

3.

Und dort sitzt er jetzt seit drei Tagen. Marlene kann mit dem Hund nur nachts vor die Tür. Sie verlässt das Haus durch die Tiefgarage im Auto. Lupin hockt im Kofferraum. Denn Heiko schickt fast stündlich Nachrichten mit vielen Ausrufezeichen. „Ich weiß, dass du das warst!!! Rück auf der Stelle den Hund raus!!!! Ich zeige dich an, Marlene!!!!! Gib mir Lupin zurück!!!!!!!" Auf die erste SMS hatte sie noch geantwortet: „Keine Ahnung, was du meinst. Was ist mit Lupin?" Und dann einfach geschwiegen. Heiko glaubte ihr nicht. Er klingelte Sturm, noch am selben Abend. Sie hatte das Licht ausgemacht, dem Hund erst die Schnauze zugehalten, dann die Klingel abgestellt. Saß auf dem Boden mit Lupin im Arm, hörte, wie Heiko bei den Nachbarn schellte. Dann ging der Summer im Flur, Gepolter auf der Treppe, Sturmschritt, immer zwei Stufen auf einmal. Heftiges Faustschlagen gegen die Tür. „Marlene! Mach auf, ich weiß, dass du da bist!!"

Bis endlich die Tür von nebenan aufging und Frau Meroutis Stimme im Flur erklang. „Heiko", sagte sie. „Was machen Sie für einen Lärm! Hören Sie auf. Da ist doch niemand."

Erregte Stimmen vor der Wohnungstür. War diese Miriam dabei? Nein, sie hörte nur Heiko, er sprach mit japsender Stimme. „Haben Sie Lupin gesehen, Frau Merouti?" keuchte er. „Mein Hund ist weg, jemand hat ihn gestohlen."

„Nein", sagte die Nachbarin. So etwas wie Kratzen an der Tür. „Den Hund hätte ich gehört. Der heult doch wie ein Wolf. Hier ist aber keiner."

Das Hämmern an der Tür hörte auf. Lupin wand sich in Marlenes Arm, sie hatte Mühe, ihn zu halten. Aus den Stimmen wurde Gemurmel. Dann schien Heiko die Treppe wieder hinabzugehen. Frau Merouti kehrte in ihre Wohnung zurück. Eine Tür fiel ins Schloss.

Draußen rund ums Haus und in der ganzen Straße hängen seitdem Suchplakate mit Lupins Foto. „Wer hat unseren Hund gesehen? Hohe Belohnung für jeden Hinweis!" Und dann das Bild zweier Menschen unter dem Husky-Kopf. „Wir suchen unseren Lupin, wir sind sehr in Sorge: Heiko und Miriam." Dass ich nicht lache, dachte Marlene. Ironlady-Miriam war ausschließlich in Sorge um ihre Laktatwerte. Hätte sie halt besser aufgepasst. Ein alter Hund, der neben dem Fahrrad herlaufen muss und in der Sonne vor dem Supermarkt angeleint wird? Sorry, dachte Marlene, selbst schuld.

4.

Als sie vom Tango-Tanzabend, der Milonga, nach Hause kommt, ist es kurz vor halb elf. Lupin sitzt schon an der Tür. Marlene hat ihm mehrere Kauknochen in den Flur gelegt, damit er beschäftigt ist und sich nicht bemerkbar macht. Offenbar kommt sie gerade noch rechtzeitig. Die Kauknochen hat er aufgefressen, als Nächstes hätte er zu heulen begonnen. Und dann wüsste Frau Merouti, wüsste die ganze Nachbarschaft, was Sache ist. „Komm", sagt Marlene. Leint ihn an, wartet, bis das Licht im Hausflur wieder erloschen ist, und schleicht mit ihm treppabwärts zur Tiefgarage. Hebt den schweren Hund in den Kofferraum.

Fährt zum nahegelegenen Waldsee. Dies sind die herrlichsten Stunden des Tages. Ein aufgekratzter Hund, der sich ins Wasser wirft und herumplantscht. Sie, die mit ihm am Ufer entlangläuft, die frische Nachtluft, die Stille, kein Mensch unterwegs. Dann noch ein, zwei Stunden bei Netflix, während Lupin auf dem Sofa döst, den Kopf in Marlenes

Schoß gebettet, sein leises Schnarchen, seine sich wild im Traum bewegenden Hinterläufe. Fast wie früher.

Doch heute gibt es kein Netflix. Heute gibt es Sorgen. Der Mann bei der Milonga geht ihr nicht aus dem Kopf. Normalerweise beginnt ein fremdes Paar nicht mit einem Engtanz, man beschnuppert sich erst einmal auf Abstand. Wie er sie angesehen hat mit seinen strahlenden Augen. Das Lächeln, der feste Griff an ihrer Seite. Sie spürt seine Hand noch, wenn sie die Augen schließt und sich die Szene in Gedanken zurückholt. Es könnte etwas mit ihm werden.

Doch er hat eine Hundeallergie. Die Sache mit Lupin geht nicht mehr lange gut. Der Hund verrichtet sein Geschäft im Bad auf den Fliesen.

5.

„Wie war es gestern?", fragt die Frau des Mannes mit den braunen, strahlenden Augen. Er frühstückt im Erker eines Reihenhauses, pellt sein Ei. Neben ihm sitzt das Kind im Hochstuhl, malt mit einem neongrünen Plastiklöffel Schleifen in die Luft und unterhält sich selbst mit seinem Singsang. „Frag nicht", sagt der Mann und sticht tief hinein in den Dotter. „Ich hab mit einer Hundehalterin getanzt, den Rest kannst du dir denken."

„Oh je", sagt die Frau.

„Ja", lacht er und schüttelt gleichzeitig den Kopf. „Ich hoffe, die kommt nie wieder."

6.

„Ich muss doch irgendwo noch einen Ersatzschlüssel haben." Heiko durchwühlt die Taschen seiner Jacken und Anoraks, die an Haken in Miriams Wohnungsflur hängen. Er hat nichts an, nur seine Shorts, in denen er schläft. Sie sieht ihm zu, noch verschwitzt von der ersten Morgenrunde mit dem Rennrad. „Willst du wirklich in ihre Wohnung einbrechen?", fragt sie und blickt ihn befremdet an.

„Was heißt einbrechen?" antwortet er und merkt, wie er wieder laut wird. Sie streiten sich seit dem Tag, an dem Lupin verschwunden ist.

Natürlich ist Miriam schuld. Natürlich hätte der Hund niemals einfach so vor dem Supermarkt… Miriam lernt gerade einen neuen Heiko kennen, einen, den sie nicht mag.

„Weißt du was?", sagt sie.

Heiko taucht mit dem Kopf ab in die Tiefe des Kleiderschranks im Flur, in die er seine Reisetaschen gestopft hat. Er kniet sich nieder, zieht Reißverschlüsse auf. Ritsch, ritsch. Im Schrank poltert es, als wäre dort ein Nagetier eingesperrt. Überhaupt, dieser Tierfimmel, denkt Miriam, als sie zusieht, wie Heiko den Inhalt des Schrankbodens über seine Schulter in den Flur wirft, ein alter Schirm kommt da zum Vorschein, rollt über das Parkett, dann ihre Fahrradhandschuhe von früher.

„Weißt du was?", sagt sie ein zweites Mal. All das hier geht zu weit. Das war nicht abgemacht. Ein fremder Mann schreit sie in ihrer Wohnung an. Ein alter Husky liegt in ihrem Schlafzimmer auf einer verhaarten Decke, müffelt aus dem Maul, dass es ihr den Atem verschlägt, und sieht ihr beim Sex zu. Bohrt seine Augen in ihre, während sie versucht, ihre Lust wiederzufinden.

Laut sagt sie: „Wenn du den Schlüssel gefunden hast, brauchst du eigentlich gar nicht bei ihr einbrechen. Du ziehst einfach wieder zurück."

Heikos Rücken versteift sich. Dann zieht er langsam seinen Kopf aus dem Schrank. Sein Gesicht ist erhitzt. In der Faust hält er ein Ledermäppchen. Er blickt ihr direkt in die Augen. „Okay", sagt er.

7.

Ganz früher Morgen, keine zwei Stunden Schlaf. Das Herz schlägt ihr bis zum Hals. Sie übt ochos auf dem Waldweg, diese Bewegung einer Acht, die die Tänzerin vor den Beinen des Mannes vollführt. Eine komplizierte Figur, obwohl sie so leicht aussieht. Zwei, drei Wiegeschritte, dann Drehung, Fersen zusammen, nur die Beine bewegen sich, der Oberkörper verharrt an Ort und Stelle. Lupin verrichtet sein Geschäft am Wegrand. Ochos mit geschlossenen Augen. Immer wieder verliert Marlene das Gleichgewicht. Sie hält sich an einem Weidenast fest. Noch mal drei ochos.

Lupin und sie sind im Grunewald, um fünf Uhr in der Frühe. Die ersten

Hundeleute kommen in etwa einer halben Stunde. Er wird nicht lange warten müssen, das sagt sie sich immer wieder. Eine Stunde vielleicht. Dann wird ihn jemand finden und sich um ihn kümmern. Sie hat dem Husky einen kleinen Pappkarton am Halsband befestigt: „Bitte helfen Sie mir!" steht darauf, zweimal unterstrichen. Darunter in kleiner Schrift: „Ich bin verloren gegangen." Mehr nicht, alles andere könnte sie verraten. Sie hofft inständig, dass jemand den Hund zu einem Tierarzt bringt oder ins Tierheim. Dass dort der Chip ausgelesen und Heiko als Halter ausfindig gemacht wird. Dann ein Anruf, und Herr und Hund wären wieder zusammen.

„Komm", sagt Marlene zu Lupin. Sie lässt den Karabinerhaken der Leine an seinem Halsband einschnappen und steuert auf eine Parkbank zu. Hier muss man ihn sofort sehen, denkt sie. Die Bushaltestelle ist ganz in der Nähe, drei Wege laufen direkt auf die Parkbank zu. Marlene schlingt die Leine um eine der Holzlatten, knotet sie fest. Kann Lupin nicht ansehen, der an ihrem Jackenärmel schnüffelt. Sie hält die Augen geschlossen, streichelt ihm von oben über den Kopf, fährt über die spitzen Ohren. Küsst den Pelz dazwischen. Dreht sich um und rennt zum Auto, als wäre unter ihren Füßen ein Feuer ausgebrochen. In ihrem Rücken heult laut ein Wolf.

8.

Die Kronleuchter im Saal verbreiten ein goldenes Licht. Marlene sitzt an einem Tischchen, hält sich an ihrem Prosecco-Glas fest. Sie trägt das luftigste Kleid, das sie in ihrem Schrank hat auftreiben können, es gehört an den Strand und sonst nirgendwohin. Aber er ist nicht da. Schon seit zwei Stunden nicht. Mit einem Hünen hat sie vorhin getanzt, es war keine Freude. Immer wieder hatte sich der Mann bei ihr entschuldigt, weil er nach vorn gestolpert war, anstatt sie zu führen. Einmal hatte er sogar mitten im Tanz einfach aufgehört, war stehengeblieben wie ein Esel, dem die Last auf seinem Rücken zu viel wird. Er hatte „sorry" gesagt, gegrinst und gemeint, er müsse sich mal kurz sortieren. Um sie anschließend wieder durch den Saal zu schieben, als sei sie ein Möbelstück, das er umräumen musste. Seitdem sitzt sie unter dem Kronleuchter und schlägt die Augen nieder, sobald auch nur ein Blick in ihre Richtung fliegt.

Doch dann, als sie gerade aufstehen will, um zu gehen, betritt er den Raum. Heute trägt er ein buntes Hemd. Er sieht sie sofort. Ein knappes Lächeln huscht über sein Gesicht, dann wendet er den Kopf ab. Schlägt einen Bogen um ihren Tisch. Geht in den hinteren Teil des Saales, wendet sich zur Bar. Sie blickt ihm nach, sieht zu, wie er sich ein Bier zapfen lässt. Er nimmt das Glas in die Hand, trinkt einen Schluck und wandert dann in die Saalecke. Stellt sich hinter ein paar Zuschauer und blickt auf die Tanzfläche. Sie versucht, seine Augen einzufangen. Starrt immer wieder, mit hochgerecktem Kopf, in seine Richtung.

Wahrscheinlich erkennt er mich einfach nicht, denkt Marlene. Sie steht auf, nimmt ihr Prosecco-Glas in die Hand. Schlendert zur Bar, lächelt und versucht, ihre Hüften ein klein wenig schwingen zu lassen. Da gerät plötzlich ein buntes Hemd in Bewegung. Es schlängelt sich durch die Tanzenden hindurch, flieht quer über die Tanzfläche. Der Mann geht zum Ausgang. Und schon ist er weg, getürmt wie ein Taschendieb.

9.

Heulend und schreiend radelt sie nach Hause. Immer wieder muss sie absteigen, um sich die Nase zu putzen und die Tränen abzuwischen. Lupin! kreischt es in ihrem Inneren. Sie wird in den Grunewald fahren, sobald sie zu Hause ist und sich umgezogen hat. Es wäre schrecklich, wenn er noch da wäre. Dann hätte er einen Tag und eine halbe Nacht dort gesessen. Aber noch schrecklicher, er wäre nicht mehr da. Wer weiß, wer ihn mitgenommen hat? Wer weiß, wie es ihm jetzt geht?

Als sie vor ihrer Wohnungstür steht und die Tür aufschließen will, stutzt sie. Licht schimmert unter der Ritze hindurch, malt einen hellen Streifen auf den Fußabstreifer. Sie hat die Flurlampe ausgemacht, das weiß sie. Es ist ja kein Lupin mehr da, der Licht gebraucht hätte. Im Gegenteil. Sie hat den ganzen Tag lang die Wohnung auf Hochglanz geputzt, jedes Hundehaar sorgfältig abgesaugt, den Staubsaugerbeutel in der Mülltonne im Hof entsorgt. Falls der Milonga-Mann ...

Warum brennt das Licht im Flur, denkt sie, als sie den Schlüssel im Schloss dreht und die Tür öffnet. Aus ihrem Wohnzimmer dringt leise Musik. Sie hat keinesfalls Musik angemacht, das weiß sie.

Marlene hat Angst.

Mit wackligen Knien geht sie auf ihr Wohnzimmer zu.

Dort auf dem Sofa sitzt Heiko. Er hält den Kopf in seinen Händen, streicht sich über die Haare, blickt dann hoch und ihr entgegen. Erhebt sich langsam. Er sieht aus, als stünde er vor einem Richter und wartete auf sein Urteil.

„Ich bin ein verdammter Idiot, Marlene", sagt er. „Natürlich hast du Lupin nicht geklaut. Ich hab einen riesigen Fehler gemacht. Bitte lass mich das wieder gutmachen."

Carolin Wilms
Sticks aus Connewitz

„Alter, was für ne Scheiß-Aktion", lallt Rocco. Nur langsam fließt sein Erbrochenes in der Strömung der Weißen Elster flussabwärts. „Das war ne Mega-Idee von dir, Digga", sagt Mirko. Sein Urinstrahl spritzt von dem Pfeiler der Sachsenbrücke zurück auf seine neuen Sneaker.

„Wir kommen gaaanz groß raus", schreit Mirko in den Clara-Zetkin-Park. Ein Liebespärchen huscht verschreckt aus den Büschen. Echt ne Menge los im Sommer, denkt Mirko. Ihm fällt ein, dass er früher oft nachts im Park unterwegs war. Seit er mit Immobilien-Deals zu Geld gekommen war, blieb er mit seinen wechselnden Freundinnen lieber in seinem Gohliser Penthouse.

Studenten fahren auf ihren Rädern über die Brücke. Einer versucht der Gruppe auf dem Skateboard zu folgen.

„Wo ist der Scheiß-Pfeffi", fragt Rocco und droht mit seinen 1,90 m der Länge nach hinzufallen. „Im Fluss", lacht Mirko, „das reicht jetzt."

„Ey Bruder, was bist du fürn Spießer", sagt Rocco und wankt auf Mirko zu, der sein Seidenhemd glatt streicht. „Ich bin längst nicht hackevoll." Mirko nimmt die letzte Lucky Strike aus seiner Schachtel.

„Haste keine Kippen mehr für den geilsten Art-Director ever", fragt Rocco. „Halts Maul, Digga", sagt Mirko und zieht den Rauch ein. „Du gehst jetzt heim und morgen bringst du unser Projekt zu Ende."

Jetzt macht der wieder dicke Hose, denkt Rocco. Immer bosst der rum.

Jahrelang hatte Rocco für Mirkos Firma die IT-Themen gerockt: Software aufspielen, Back-ups machen, Datenbanken pflegen. Alles. So hatte er sich als brotloser Künstler über Wasser gehalten. „Hatten wir vorhin nicht auf unser geiles Start-up getrunken", fragt Mirko. „Dein Computerspiel ist genial."

„Ja, okay, aber ich will jetzt noch nicht nach Hause", ruft Rocco und breitet die Arme aus. Seine verwaschene Jeans hängt an seinem hageren Körper. „Und mach jetzt nicht so auf Chef, ey."

Er wischt sich den Schaum seines Erbrochenen mit dem Handrücken ab und rülpst. Mirko schüttelt den Kopf: „Alter, geh ins Bett und träum was Schönes, mehr kriegst du nicht mehr auf die Kette."

Rocco kratzt seinen Drei-Tage-Bart: „Hast du ne Ahnung, was ich jetzt noch alles hinkriege." Schließlich bin ich mega kreativ, denkt er. Ich bin Künstler und kein blöder IT-Fuzzi.

Rocco hatte mehrere Preise bei verschiedenen internationalen Wettbewerben gewonnen. Zeichnen war sein Leben. Er konnte Nächte damit verbringen: Gesichter von Greisen, Akte, Menschenansammlungen zu zeichnen. Leider verdiente er damit kaum Geld. Seine Arbeiten und damit sich selbst zu vermarkten, war einfach nicht sein Ding.

Mirko schaut auf sein Handy. Das brandneue Gerät zeigt 3:41 h. Um 07:00 h würde der Malteser Fahrdienst wieder klingeln. Sein älterer Bruder arbeitet seit drei Monaten in einer Inklusionswerkstatt. Seit er durch einen Bungee-Jumping-Unfall eine schwere hirnorganische Verletzung erlitten hatte, wohnte er in der unteren der beiden Etagen von Mirkos Penthouse.

Mirko fand, dass sie seitdem ein bisschen besser miteinander zurechtkamen. Vor dem Unfall hatten sie aufeinander herabgesehen: Mirko, der Gerne-Groß und sein Bruder, der es mit seiner Professur zu Ruhm und Erfolg gebracht hatte. Jetzt bog er in der Werkstatt Kleiderbügel für Wäschereien. Mirko hatte mittlerweile mehr Geld, als er ausgeben konnte. Aber sein Image als gewitzter Business Angel war zweifelhaft. Daher sollte das Start-up mit dem Computerspiel von Rocco ihm zum Durchbruch verhelfen.

„Alter, mach, was du willst", sagt Mirko zu Rocco. „Ich mach los."

Die Crema von Mirkos Kaffee schwimmt am Wegwerfbecher. Er zwängt sich durch die spaltbreit offene Wohnungstür und reißt alle Fenster auf. „Digga, schwing den Arsch aus dem Bett, ey", ruft er Rocco zu.

„Haste was zu rauchen", hört er Rocco unter der Decke sagen.

„Nee, Alter", sagt Mirko. „Jetzt trinkste Kaffee und dann fangen wir an."

„Ohne Gaffee gönn mer nich gämpfn", gähnt Rocco und rollt aus dem Bett.

„Ja, du Gaffee-Sachse", sagt Mirko, „geh duschen und dann legen wir los."

Mirko setzt seinen breiten Hintern vorsichtig auf einen wackeligen Schemel. Er ascht in das halb volle Glas vor ihm und wischt sich die Crema mit seinem Leinentaschentuch vom Mund.

„Alter, was?" Rocco steht vor ihm. Geduscht, aber nicht rasiert, die nassen Locken hinterlassen Wasserflecken auf seinem T-Shirt. „Das ist mein Whiskey und du ascht da rein?"

„Junge, wir machen jetzt Business", sagt Mirko. „Erinnerst du dich, was wir gestern besprochen haben?"

Rocco rührt im Kaffee: „Nee, so richtig weiß ichs nicht mehr."

Mirko steht auf, drückt Rocco in den Schreibtischstuhl und räuspert sich. „Okay, Bro, du erinnerst dich, dass wir Geschäftspartner sind, oder", fragt er. „Du hast gestern gesagt, dass du mit der Programmierung des Computerspiels fast fertig bist."

Rocco fährt sich mit der Hand durch die Haare: „Echt so, jetzt, wo dus sagst."

Mirko schreitet den Raum ab. Leeren Kippenschachteln, Socken und Magazinen weicht er aus. Er hält sein Kinn zwischen Daumen und Zeigefinger. „Alter, was wird das", fragt Rocco.

„Pass auf", Mirko bleibt abrupt stehen. „Unser Projekt steht kurz vor dem Ende."

Rocco reibt sich die Stirn. Die Crema seines Kaffees ist abgetaucht. „Alter, was stresst du", grummelt er. „Chill mal."

„Digga, chillen war gestern, heute is arbeiten", ruft Mirko durch die offene Toilettentür. Er knöpft beim Gehen seine Hose zu, der Zigarettenqualm bringt sein rechtes Auge zum Tränen.

„Wir kommen ganz groß raus mit unserem Start-up. Die Idee ist geil. Aber du kriegst das wieder nicht auf die Kette", sagt Mirko.

Rocco nimmt einen Schluck von seinem Kaffee und spuckt ihn in die Tasse: „Scheiße, der ist kalt.". Mit einem Schritt ist Mirko bei ihm: „Alter, du programmierst jetzt."

Rocco probiert vorsichtig einen neuen Kaffee. Er denkt an die Figuren, die er gezeichnet hat. An die vielen Gestaltungsformen dieser Fabelwesen, die er in durchzechten Nächten auf Notizblöcke gezeichnet hat. Er sieht sie vor seinem inneren Auge in dem Computerspiel tanzen. Rocco erinnert sich an seinen Professor von der Leipziger Hochschule für Grafik und Buchkunst, der anerkennend den Daumen gehoben hatte, als er ihm die Skizzen zeigte.

Er, Rocco, war ein ganz großer Künstler. Ein geiler noch dazu. Er hatte Einfälle, von denen dieser Zwerg von Mirko noch nie was gehört hatte. Der aufgebrezelte Fatzke, der mit seinen Scheiß-Sneakern durch sein Zimmer lief. „Alter, ich weiß nicht", sagt Rocco. „Das klingt so nach Stress."

Mirko holt eine neue Lucky Strike Schachtel aus seiner Jackentasche. „Willste eine", fragt er.

Rocco lehnt ab. „Bro, du kriegst deine PS nicht auf die Straße, hast Scheiß-Schulden und willst mir jetzt erzählen, dass das Stress ist", sagt Mirko. „Das ist deine Chance."

Rocco nimmt sich doch eine Zigarette aus der Schachtel und zündet sie an. Der Rauch zieht aus dem offenen Fenster in die Leipziger Südvorstadt. Der Himmel ist bedeckt. Rocco versucht, mit den Lippen elliptische Kringel zu formen. Irgendwie geil, denkt er.

„Okay, ich mach jetzt die Lizenzverträge fertig, kümmere mich um den Notartermin, und du bist jetzt ein braver Bro und programmierst", sagt Mirko.

„Denk an die Scheiß-Kohle, die du damit verdienen wirst." Mirko haut Rocco auf die Schulter: „Das wird geil, Alter" und schlägt beim Verlassen die Wohnungstür zu.

Rocco setzt sich an das Fenster. Er schaut auf sein Connewitz. Er sieht ein neues Graffiti auf dem gegenüberliegenden Haus. „ACA" steht da. Rocco grinst. Scheinbar wurden die Sprayer gestört und konnten das „B" nicht sprayen. Er sucht in seiner Küche nach etwas Essbarem und macht sich noch einen Kaffee. Rocco fährt seinen Rechner hoch und öffnet das Programmierprogramm „Adventure Game Studio". Er prüft die Datenstrukturen, die letzten Visualisierungen und beginnt zu coden.

Es klingelt an der Tür. Rocco donnert in seine Tasten. In seinem Kopf hämmern die Nachwehen des Pfeffis. Langsam dämmert ihm, dass jemand vor der Tür steht. Rocco macht auf. „Alter", fährt Mirko ihn an, „du gehst nicht ans Handy, du checkst deine Mails nicht, du hörst die Klingel nicht, was ist falsch mit dir."

Mirko geht durch die Tür und tritt mit seinen neuen Sneakern auf Roccos Lieblingsshirt, das im Flur liegt. Er legt zwei Pizzakartons neben Roccos Rechner. „Aaah, haste was Sinnvolles gemacht", fragt Mirko und blickt auf den Bildschirm. „Tonno oder Schinken, Digga?"

Rocco schließt die Tür. „Schinken", sagt er und setzt sich mit dem Karton auf sein Bett. Mirko holt zwei Bier aus dem Kühlschrank, öffnet seine Tonno-Schachtel. Mirko fläzt sich auf Roccos Stuhl, der vor dem Rechner steht.

„Geil, Alter, was haste gemacht", fragt er. Rocco trinkt einen großen Schluck aus der Bierflasche und rülpst. Er schiebt sich ein Viertel der Pizza in den Mund und bedeutet mit seiner Hand, dass er erst mal kauen will, bevor er antwortet.

Mirko scrollt durch die Programmierung. „Krass, Bruder, haste das alles heute gemacht", staunt er. Rocco leert die Flasche. Er will rülpsen, kann aber nicht. Die Pizza ist nur lauwarm. Besser als nichts, denkt Rocco. Schließlich ist es das Erste, was er heute isst.

Rocco steht auf und geht pinkeln. Mirko holt einen Stick aus der Hosentasche, steckt ihn in Roccos Rechner. Den Finder mit den Dateiordnern entdeckt er beim dritten Versuch. „Wie war das nochmal", fragt er sich leise. Dann drückt er gleichzeitig Command A und schließlich X. Mirko hört die Wasserspülung.

„Was machste denn da", fragt Rocco, als er in den Raum kommt. „Ich gucke nur, was du heute gemacht hast", sagt Mirko. „Sehr geil."

Rocco grunzt zufrieden. Endlich merkt der Penner, was ich für ein Hammer-Typ bin, denkt er.

„Haste Kippen", fragt Rocco. „Nee, hab ich unten im Auto liegen lassen", sagt Mirko und schiebt die Zigarettenschachtel tiefer in seine Jackentasche.

„Dann geh ich jetzt runter und hol welche", kündigt Rocco an und schlüpft in seine Clogs. Die Tür fällt ins Schloss.

Mirko kommt durcheinander. Hat er jetzt schon ausgeschnitten? Er markiert noch mal die Dateien. Scheiße, denkt er, hoffentlich lässt sich Rocco Zeit. Command X und V. Ein Fenster poppt auf „Datenspeicher voll". „Fuck," sagt Mirko laut und sucht auf dem Tisch nach einem anderen Stick. Alles liegt durcheinander: Papers, Feuerzeuge, Magazine. Mensch Junge, mach mal Ordnung hier, denkt er, als er schließlich einen entdeckt. Mit schwitzendem Zeigefinger steuert er den Cursor auf dem Touchpad. Die Wohnungstür öffnet sich. Mirko reißt den Stick aus dem Rechner und steckt beide hastig in seine Hosentasche.

„Alter, ich habe so ne krasse Alte beim Späti getroffen", sagt Rocco rauchend. „Aber irgendwie hatte die nen Typen dabei." Rocco lacht über das ganze Gesicht. Die Programmierung war endlich fertig. Jetzt musste das Spiel nur noch getestet werden. Mirko nimmt sich eine Zigarette. Beide rauchen. Auf dem Gehweg unter Roccos Haus versammeln sich Leute mit schwarzen Hoodies und Sonnenbrillen. Beide schauen durch das offene Fenster hinunter. Ein ganz normaler Samstag in Connewitz, denkt Rocco. Irgendwo ist wieder Demo. Bang denkt Mirko an den Lack seines Cabriolets, das er an der nächsten Straßenkreuzung geparkt hat.

„Sag mal, wie soll das jetzt werden mit den Lizenzen", fragt Rocco.

„Bro, das ist alles nicht so einfach", entgegnet Mirko. „Aber hast du nicht heute Morgen gesagt, dass du alles auf die Schiene setzen willst", fragt Rocco.

„Jaa, aber das dauert", sagt Mirko. „Ich muss jetzt los und melde mich, wenn ich die Verträge habe."

Mirko lässt die Tür krachend ins Schloss fallen. Rocco schaut noch mal aus dem Fenster und sieht, wie die Kapuzentruppe in einem Hauseingang verschwindet. Eigentlich könnte ich noch mal runter zum Späti gehen, überlegt er. Vielleicht ist die Frau noch da.

Er setzt sich auf seinen Stuhl und guckt auf den Bildschirm. Ein Pop-up-Fenster informiert: „Speichermedium nicht ordnungsgemäß entfernt". What, denkt Rocco, ich habe doch gar nicht ... Langsam dämmert ihm, was in seiner Abwesenheit passiert sein muss. Er prüft und stellt fest, dass Dateien weg sind.

Auf der Karli formiert sich ein Protestzug. Erste Mülltonnen liegen auf der Straße. Pyrotechnik zischt.

„Was für ein Arschloch", sagt er laut. Seine Figuren, die im Computerspiel tanzen. Er prüft erneut. Alle Dateien waren weg. „Der hat alles geklaut", schreit Rocco.

Er schaut aus dem offenen Fenster. Auf der Karli war Mirko nicht zu sehen, auch seine Scheiß-Karre nicht. Rocco überlegt, Mirko anzurufen. Wo war nur sein Handy? Er sucht und findet es schließlich in seiner Jeans, die er in der vergangenen Nacht auf dem Boden liegengelassen hatte. Das Handy ist tot. Der Akku leer. Rocco sucht sein Ladekabel. Auf seinem Tisch findet er unter einem Titanic-Magazin einen Speicher-Stick. Hatte er nicht zwei gehabt? Arschloch, denkt er, der klaut nicht nur meine Ideen und die Programmierung, sondern auch noch meine Datenträger.

Ein Stein trifft die Verglasung der Straßenbahnhaltestelle vor seinem Haus. Die Glasscheibe bricht, fällt aber nicht zu Boden. Die Meute auf der Straße grölt.

Was bin ich nur für ein Idiot, denkt Rocco, wie konnte ich ihn nur allein lassen. Wie konnte ich mit ihm überhaupt etwas unternehmen. Er denkt an die vielen Male, als er Mirkos IT-Probleme behoben hatte. Viele Jahre waren sie Nachbarn gewesen, dann wurde Rocco der Administrator von Mirko.

Eine Mülltonne auf der Straße fängt Feuer. Der Geruch von verbranntem Plastik liegt in der Luft.

Mirko ist echt ein Penner, denkt Rocco. Der hat überhaupt keine Ahnung von gar nichts. Immer tut er so, als sei er der Manager des Jahres. Kleiner Scheißer. Null Bildung. Noch nicht mal den Oberschulabschluss hat er geschafft. Und von IT hat er gar keine Ahnung. Ich habe ihm noch nicht mal zugetraut, dass er Dateien auf einen Stick rüberziehen kann, denkt Rocco. Der kann nichts. Gar nichts. Aber jetzt hat er meine Dateien, meine Figuren, meine Ideen. Scheiße.

Rocco zündete sich eine Zigarette an. Er versucht sich an einer Ellipse. Sie wird zum Kreis. Qualmkreise kann jeder, denkt Rocco. Er steht auf und holt sich ein Bier. Rocco ascht in das halbleere Whiskeyglas auf seinem Tisch. Arschloch, denkt er.

Unter Gebrüll werden weitere Müllcontainer auf der Karli zu einer Straßenbarrikade zusammengeschoben. Die Gruppe der Demonstranten ist mittlerweile viel größer. Von der Polizei keine Spur.

Auf einmal dämmert ihm, dass er sich letztes Jahr auf Mirkos Rechner mehrere Logins eingerichtet hatte. An dem Tag war er besonders wütend auf Mirko gewesen, der ihn rumbosste. Für alle Fälle, hatte er damals überlegt. Rocco versucht, sich mit seinem normalen Login in Mirkos Rechner anzumelden. Die Meldung „invalid password" erscheint auf seinem Bildschirm. Aha, du Arsch, denkt Rocco, hast wohl gedacht, dass du mich sperren kannst.

Er baut sich einen Joint. „Jetzt wollen wir mal sehen", sagt Rocco zu sich. Er gibt die Einwahldaten von einem seiner geheimen Logins ein. „23:17 h: last upload. 17,3 gigabyte data volume" liest er im Verzeichnis. Rocco guckt aus dem Fenster. Die Uhr an der Straßenbahnstation Stockartstraße zeigt 23:24 h an. „Der Penner hat eben die Dateien hochgeladen", ruft er aus.

Rocco hört von der Straße Martinshörner, die näher kommen.

Dann zündet er seine Tüte an und zieht den Rauch tief in seine Lunge, wartet zwei Sekunden und bläst ihn aus. Er nimmt einen zweiten und dritten tiefen Zug und hält die Luft an. Er grinst. Während sich seine Pupillen weiten, löscht er die wichtigsten Verzeichnisse von Mirkos Rechner: Die Dateien mit den Lohnabrechnungen sind das erste Opfer, die Statik-Berechnungen des neuen Bauvorhabens in Plagwitz folgen, das Verzeichnis mit Mirkos beruflichem E-Mail-Verkehr der letzten sieben Jahre inklusive Back-up-Dateien lösen sich in Nichts auf.

Auf der Karli kommt es zu Ausschreitungen. Die Polizei nimmt Demonstranten fest. Die, die hinter den Barrikaden stehen, werfen Steine und Pyrotechnik.

Rocco findet im Ordner „Zuletzt gelöscht" eine Pornofilm-Serie. Gönnung, denkt Rocco und lacht in sich hinein. Er löscht den gesamten

Ordner mit den Steuerunterlagen seit 2004, die Kontaktdateien, die Foto-Archive und alle Microsoft-Dateien mitsamt Sicherungskopien.

Zuletzt löscht Rocco die Programmierung des Computerspiels. Ein letzter tiefer Zug vom Joint und alle Dateien sind weg. Rocco grinst und haut sich auf den Oberschenkel. „Bro!" Ihm fällt ein, dass er seiner lieben Gewohnheit folgend, seine Sticks so einrichtete, dass bei erneutem Download die gespeicherten Dateien überschrieben werden.

Mirko wird viel Spaß haben, wenn er das Computerspiel noch mal auf einen anderen Rechner kopieren will, denkt er.

Die übrigen Demonstranten rennen in die Nebenstraßen. Die Polizisten in voller Montur hinterher. Katz und Maus in Connewitz.

Breit wie seit Langem nicht mehr, programmiert Rocco ein Meme. Einen riesigen Stinkefinger in schillerndem blau-violett mit pinken Schatten. Wenn der Penner seinen Rechner wieder hochfährt, soll er schließlich wissen, wer ihn herzlich grüßt, denkt Rocco und drückt die Enter-Taste.

Hildegard Willer
Der schwarze Fluss

Rrratschhh. David blickt auf seine Hose. Am oberen Hosenbein klafft ein Loch. Am Nagel in der Wand hängt der dazugehörende Fetzen Stoff. So schnell ist David aus dem Schulzimmer gelaufen, dass er an der Tür hängen blieb. Die Mutter würde schimpfen, und wie. Es ist seine einzige Schulhose. Wie alle peruanischen Kinder muss David in Uniform zur Schule gehen. Dunkle Hose, weißes Hemd, dunkle Halbschuhe. David balanciert an den Wasserlöchern vorbei auf dem schmalen Feldweg nach Hause. Der Weg führt zuerst über ein gerodetes Stück Land voller Baumstümpfe. Aus einigen steigt noch der Rauch auf, sie sind erst vor ein paar Tagen abgebrannt worden. Der Vater will darauf Mais anbauen. Oder vielleicht auch Kokablätter, obwohl das verboten ist.

David biegt in den Wald ab und schaut nach oben. Der ist an dieser Stelle noch besonders üppig. Lianen schlingen sich um hochgewachsene Palmen, die Baumkronen lassen kaum einen Sonnenstrahl durch. David hüpft von Baumwurzel zu Baumwurzel, um seine guten Schuhe nicht dreckig zu machen. Er tritt auf eine Lichtung und sieht die Mutter vor dem Holzhaus, sie hängt Wäsche auf.

– „Warum bist du schon hier? Hast du etwa die Schule geschwänzt?"

– „Nein, Mama. Die Lehrerin ist nicht gekommen, und da bin ich einfach heimgegangen."

– „Schon wieder. Ein Kreuz mit den Lehrern, sie tauchen auf, wann sie wollen. Haben immer eine Entschuldigung, warum ihnen der Weg zu uns zu lang ist."

Die Mutter schaut resigniert, streicht ein paar Hemdchen glatt und hängt sie über eine hölzerne Veranda. „Und allen ist es egal, ob unsere Kinder Unterricht haben oder nicht, keine Regierung kümmert sich darum." Die Mutter ist nur wenige Jahre zur Schule gegangen, dann musste sie zu Hause bleiben, auf die kleinen Geschwister aufpassen. Wenn sie ihren Namen schreibt, dann setzt sie vorsichtig einen Buchstaben nach dem anderen aufs Papier und spitzt dabei die Laute mit ihren Lippen: O - l - i - n - d - a. „Ihr müsst fleißig lernen, dann habt ihr es später mal besser." Wie oft haben David und sein Bruder schon diesen Satz gehört.

Jetzt aber richtet sich die Mutter auf, stützt die Hände in die Hüften und schaut ihn eher verdrießlich an.

„Dann zieh dich schnell um, nicht dass deine Schulsachen dreckig werden. Bald gibt es Mittagessen."

David verschwindet in der Küche, die gleichzeitig auch Wohnzimmer und sein Schlafzimmer ist. Die Mutter hat das Loch in der Hose nicht gesehen. Schnell tauscht David die Schulhose gegen seine Shorts und schlüpft in seine Gummischlappen. Sein jüngerer Bruder Pedro und die kleine Sara spielen mit dem Äffchen, das ihr Vater vor einigen Monaten nach Hause gebracht hat. „Mono, monito, komm her", lockt die vierjährige Sara den fixen Burschen mit einem Stück Banane. Doch der ist schneller und baumelt längst von einem Seil an der Decke.

Schwere Schritte nähern sich, platsch, platsch, quietschen die Gummistiefel auf dem noch feuchten Boden. Der Vater klatscht zwei kleine Fische auf den Boden „Das ist alles, was ich heute gefangen habe, zwei kleine Carachamas, obwohl ich weit rausgefahren bin". Im Fluss gibt es immer weniger Fische, oft hat er den Vater darüber klagen hören.

David rechnet sich aus, welches Stückchen von den beiden Fischen er wohl bekommen würde: Hoffentlich das hintere, da sind weniger Gräten drin, und das Fleisch ist schön saftig. Sein Magen fängt an zu knurren.

„David, hol Wasser, damit deine Mutter das Essen aufsetzen kann", ruft der Vater.

„Schon wieder ich, dabei ist doch Pedro dran." David mault in sich hinein, während er den Plastikeimer holt, seine Gummilatschen anzieht und den Hof überquert. Es hat geregnet, die Erde ist aufgewühlt und matschig. Er geht an den drei Hühnern der Familie vorbei und verschwindet auf einem Trampelpfad zwischen zwei Palmen. Die Luft ist stickig-feucht, es zirpt und kreischt von den Bäumen, David hört den Flügelschlag eines Papageis. Es ist einfach ungerecht, dass Leonardo, sein Vater, schon wieder ihn zum Wasserholen schickt. Sein ein Jahr jüngerer Bruder Pedro dagegen darf immer spielen. David bleibt vor dem Rand der Böschung stehen und balanciert den rutschigen Abhang hinunter, bis er am Fluss steht. Er hält die Hand über die Augen. Ob wohl der Delphin wieder auftaucht, der ihn so oft begrüßt? Ein klein wenig hat er sogar Angst vor dem Bufeo. Bufeos sind Flussdelphine, die aus dem Wasser steigen und sich in Menschen verwandeln können. Und manchmal nehmen sie die Menschen dann mit zu sich ins Wasser, damit sie dort bei ihnen bleiben. David ist das noch nicht passiert, aber seine Oma hat ihm erzählt, dass sie einmal fast von einem Bufeo ins Wasser gelockt worden war.

Doch heute ist etwas anders. David rümpft die Nase. Das Wasser riecht anders als sonst. Es stinkt nach dem Öl, das sein Vater sonst im Kanister mitnimmt, wenn sie im Boot nach Nauta fahren. Doch kein Boot ist zu sehen. Trotzdem beißt es in Davids Nase, und er sieht bald den Grund: Dicke schwarze Schlieren schwimmen auf dem Wasser. An seinen Füßen spürt er eine glibberige Masse. Fühlt sich ein wenig an wie das Innere eines Motelos, einer Schildkröte, nur dass die viel süßer riecht. Rasch zieht David seinen Fuß aus dem Wasser, lässt den Eimer stehen, klettert die Böschung hoch und rennt durch den Wald zurück zum Haus. „Papa, Papa, da ist Erdöl im Wasser", schreit er.

Sein Vater Leonardo ist gerade dabei, sich mit nassen Fingern die schwarzen Haare zu glätten und sich den Schmutz vom Gesicht zu waschen. Seine Mutter Olinda sitzt am offenen Feuer und brät die Bananen fürs Mittagessen. Beide springen auf. „Wo? Zeig es uns." Leonardo rennt hinter seinem Sohn hinunter an den Fluss, barfuß und im Unterhemd rutscht er die Böschung hinunter und sieht, wie ein schwarzer Teppich sich immer mehr auf dem Wasser ausbreitet. „Verdammt, die Pipeline ist schon wieder gebrochen!", ruft er entsetzt.

Gebrochen? David will gerade den Mund aufmachen und den Vater fragen, was er gestern Nacht gemacht hat, aber der rennt schon wieder die Böschung hoch, um Alarm zu schlagen im Dorf. Niemand darf mehr Wasser aus dem Fluss holen oder dort baden.

Es ist nicht das erste Mal, dass David Erdöl im Fluss schwimmen sieht.

Seit die peruanische Regierung mitten im Amazonas Erdöl fördert und in einer Pipeline quer durch den Regenwald an die Küste schickt, sind der Regenwald und der Fluss nicht mehr dieselben. Erst vier Jahre zuvor ist die alte Pipeline, rostig und schlecht gewartet, an einer Stelle durchgebrochen und der schwarze Schlick hat sich zuerst als kleines Rinnsal über Farne, Lianen und Blätter ergossen und ist schließlich im Fluss gelandet.

Inzwischen sind andere Männer hinzugekommen, diskutieren heftig. David steht dabei, er versteht nicht alles, was sie sagen: Polizei, Petroperu, und immer wieder: Wasser, Wasser. Der Apu, der Dorfvorsteher, zieht ein Handy aus seiner Hosentasche. Ein altes, mit Tasten, noch kein Smartphone, auf dem man spielen kann, wie es sich David so sehr wünscht. Das wird er wohl nie bekommen, so viel Geld würde sein Papa nie haben, da könnte er noch so viele Fische aus dem Fluss holen und verkaufen. Aber jetzt gibt es ja nicht mal mehr die Fische. Die ersten von ihnen schwimmen leblos auf der schwarzen Brühe.

Der Apu geht auf eine Lichtung, wo er Empfang hat, und spricht aufgeregt ins Telefon. „Ich habe dem Radio gemeldet, dass die Pipeline gerissen ist und dass die Regierung Arbeiter zum Aufräumen schickt. Hoffentlich kommen sie rasch." Vor vier Jahren durften sogar Kinder dabei mithelfen, das Öl aus dem Fluss zu holen. David war noch zu klein damals, er schaute zu, wie alle Jungs aus dem Dorf sich mit Eimern in den schwarzen Fluss stürzten und das Erdöl abschöpften. Für jeden vollen Eimer bekamen sie 30 Soles. Das Erdöl hing noch tagelang an der Haut, den Kleidern und in der Luft. Einige konnten sich danach ein Handy oder neue Turnschuhe kaufen. Doch David würde nicht so viel Glück haben. Erst Jungs ab 15 Jahren würden zum Aufräumen angestellt.

David hört, wie die Männer schimpfen auf die Regierung. Was sie essen sollen, wenn sie keine Fische mehr fangen können. Mit welchem Wasser sie kochen und waschen sollen, wenn die einzige Wasserquelle mit Erdöl verschmutzt ist. Und dass es Aufgabe der Regierung sei, den Fluss wieder zu säubern. Denn die würde ja auch das Öl fördern und die Pipeline betreiben.

Davids Magen knurrt immer stärker. „Papa, lass uns nach Hause gehen", bettelt er. „Ich habe Hunger."

Olinda wartet auf die beiden, gibt jedem eine gebratene Banane auf einem Plastikteller. Vor der Hütte hat sie den großen Kochtopf aufgestellt, in dem sie sonst Wasser kocht. „Hoffentlich regnet es bald", sagt sie, „sonst haben wir kein Wasser mehr. Und lasst ja nicht Sara an den Fluss gehen", ermahnt sie Leonardo und ihre Söhne. Beim letzten Erdölunfall hat Sara als Baby einen heftigen Ausschlag bekommen, als die Mutter sie mit dem Wasser aus dem Fluss gebadet hat.

David fährt sich mit der Zunge über die Lippen, um die letzten Bananentropfen aufzulecken. „Papa", hebt er an. „Etwas verstehe ich nicht: warum hast du ein Loch in die Erdölleitung gemacht?" Leonardo schaut ihn wütend an. „Was soll ich gemacht haben?" – „Gestern Nacht bin ich dir in den Wald gefolgt, ich konnte nicht schlafen. Und da habe ich gesehen, wie du und ein fremder Mann mit einer Elektrosäge die Leitung kaputtgemacht habt." Leonardo schweigt einen Moment. „Du weißt, dass du das niemandem sagen darfst, sonst klebe ich dir eine." Verängstigt fragt David weiter: „Aber warum machst du das Rohr kaputt, wenn wir nachher kein Wasser haben?" Leonardo schweigt und tut so, als ob er nichts gehört hätte. David traut sich nicht, weiterzufragen. Er ist sein Vater, er muss ihn respektieren.

Abends gibt es nur trockene Kekse und einen Rest Fisch zu essen. David bekommt einen Bissen von den Fischen ab, für mehr reicht es nicht. Wasser, um Reis zu kochen, gibt es keines mehr.

Als David am nächsten Morgen mit Hunger im Magen aufwacht, hört er Stimmen vor der Hütte. Er spitzelt hinter dem Vorhang durch, der das Schlafzimmer der Eltern von der Küche trennt. „Wir zahlen dir 100 Soles pro Tag, wenn du uns hilfst, das Erdöl aufzusammeln", sagt ein fremder Mann zu seinem Vater. „120", sagt sein Vater. „Einverstanden", der andere. „Aber du musst gleich mitkommen."

120 Soles – so viel Geld hat David noch nie gesehen. Und auf einmal versteht er. Ein leichtes Lächeln huscht über sein Gesicht. Er überlegt sich, welches Handy er sich wünschen wird.

Virginia Kirst
Stare über Rom

Mitte November kommen die Stare nach Rom. Auf ihrem Weg gen Süden machen sie Halt in der ewigen Stadt. Jahr für Jahr versammeln sie sich, um ihre Abschiedsshow zu geben: Das Finale vor dem langen Winter. In unwahrscheinlich großen Schwärmen tanzen sie dann über die Plätze und Straßen. Über den Tiber, den Petersdom und am Kolosseum vorbei. Wie weiche Wellen rollen die Schwärme vor dem pinkorangegefärbten Abendhimmel dahin und schweben elegant am nächsten Schwarm vorbei.

Federica steht am Ufer des Tibers und schaut einem der Schwärme hinterher. Abrupt ändert er die Richtung und fliegt auf eine Reihe von Platanen zu, die am oberen Ufer des Flusses stehen. Federicas Augen folgen ihm. Sie liebt es, wenn die Stare einmal im Jahr kommen und den Monumenten die Show stehlen. Wenn ihre kleinen, schwarzen Körper schwarze Wolken formen, die durch den Himmel ziehen.

Federica sieht nicht die einzelnen Vögel, sie bewundert die organischen Formen, zu denen die Schwärme sich zusammenfinden, um sich gleich darauf wieder aufzulösen und davonzufliegen. Früher hat sie in ihnen ein Versprechen von Freiheit gesehen: Heute hier, morgen dort. Immer dem inneren Kompass nach. Frei von Konventionen und Zwängen. Von Geldsorgen und Deadlines.

Doch dieses Jahr muss sie an Oscar denken. Wäre sie vor einem Jahr so frei wie die Stare gewesen, wäre er heute bei ihr. Der Schwarm, dem ihre Augen folgen, verschwindet hinter den gelben Blättern der Platane. Wer sich dem Baum nähert, bemerkt die Vogelschar an einem unangenehmen Rauschen, das den Baum umgibt. Es klingt, als hätte jemand im Radio den Sender verfehlt, die Lautstärke aber voll aufgedreht. Das Rauschen ist eine Warnung: Schnell ist der Gehsteig mit Exkrementen überzogen.

Federica schlängelt sich an der Häuserwand entlang. So weit von den Bäumen entfernt, wie möglich. Sie ist zu spät. Ihr Seminar hat vor 13 Minuten angefangen. Wenn sie sich nicht beeilt, kann sie eigentlich auch gleich nach Hause fahren. „Mist, mist, mist", flucht sie. Es ist immer das gleiche. Ihr Kollege kommt jedes Mal zu spät, wenn er sie ablösen soll. Jedes verdammte Mal. Obwohl er ganz genau weiß, dass sie zur Uni muss. Sie hasst es, zu spät zu kommen und würde den Job im Schuhladen am liebsten kündigen. Doch das geht nicht. Ihre Eltern schicken ihr kein Geld und so ist sie auf die 800 Euro, die sie verdient, angewiesen. Ihr Stipendium reicht nicht aus, um ihren gesamten Lebensunterhalt zu verdienen. Allein ihr Zimmer in Rom kostet schon 500 Euro.

Die Ampel springt auf Grün und Federica hastet auf die Ponte Garibaldi zu, da klingelt ihr Handy.

„Fede, du musst sofort herkommen."

„Was ist denn, Marianna? Ich kann jetzt nicht. Ich hab' Seminar." Federica klemmt das Handy zwischen Schulter und Ohr, um den Schnappverschluss ihrer Umhängetasche zu schließen.

„Fede. Sofort. Komm' her! Es ist wirklich wichtig."

„Kannst du mir nicht kurz am Telefon sagen, was los ist?"

„Nein. Das kann ich nicht. Wo bist du?"

Federica blickt die wuselige Straße entlang, die rechts neben ihr ins Zentrum von Trastevere führt. Dann auf die Tram, die links von ihr vorbeirumpelt. „Fast an der Piazza Mastai."

„Ok, perfekt. Ich bin gerade im Krankenhaus fertig. Wir treffen uns in 15 Minuten am Bahnhof Trastevere."

„Marianna, was...?" Entnervt schiebt Federica ihr Handy in ihre Jackentasche, als sie merkt, dass Marianna aufgelegt hat. Was ist bloß los? So hektisch ist Marianna doch sonst nicht.

30 Minuten später sitzen die Freundinnen nebeneinander auf dem pe-

trolblauen Plastiksitzen des Zugs. Stumm halten sie sich an der Hand. Federica starrt aus dem Fenster. Die Mascara brennt in ihren Augen und ihr ist übel. Ein Gedanke hat sich in ihrem Kopf festgesetzt: Wer würde so etwas tun? Und warum?

Alles ist plötzlich wieder da: Die Streits mit Massimo, als sie herausgefunden hat, dass sie schwanger ist. Er wollte das Kind behalten, hatte sich sogar schon einen Namen ausgesucht: Oscar, wie sein kürzlich verstorbener Opa. Dabei wussten sie doch nicht einmal, ob es überhaupt ein Junge werden würde.

Überhaupt wusste sie nicht, wie das alles gehen sollte. Schließlich waren sie beide Studenten, das Geld schon für sie allein knapp. Mit jedem Tag, der verging, wurde der Druck größer und sie immer unfähiger, sich auf die Formeln zu konzentrieren, die in ihrem Chemie-Seminar auf dem Lehrplan standen. Wenn schon der Gedanke an ein Kind sie vom Studium abhielt, wie würde es dann erst sein, wenn sie sich darum kümmern müsste?

Nach einer durchwachten Nacht entschied sie sich für die Abtreibung. Sie erinnert sich an das überfüllte Wartezimmer, als sei sie erst gestern dort gewesen. An die unendlichen Formulare und den Uringeruch, den die Frau verströmte, die neben ihr wartete. Und an das heiße Brennen dort, wo die Speiseröhre in ihren Magen übergeht. Jetzt ist das Brennen zurück. Es ist nicht gerecht, dass es zurück ist. Es war doch alles vorbei. Alles war gut gegangen.

„Fede, komm." Marianna nimmt ihre Hand und zieht sie aus dem Sitz. Sie treten auf den Bahnsteig hinaus. Mittlerweile ist es dunkel geworden. Keine Spur mehr von den Staren. Marianna hält ihr Handy in der Hand. Eine blaugepunktete Linie weist ihnen den Weg. 17 Minuten zu Fuß.

Federica überkommt eine neue Welle der Übelkeit. „Ich schaffe das nicht, Mari. Ich verstehe überhaupt nicht, was wir hier machen. Wie kann sowas sein?"

„Fede komm, ich weiß es doch auch nicht. Wir müssen es selbst sehen. Sonst ist es doch nur ein Gerücht. Vielleicht ist es alles doch ganz anders." Sie nimmt Federicas Hand und zieht sie die Treppe hinunter, die in den Bahnhof führt.

Auf dem Friedhof leuchten ein paar funzelige Laternen den Weg, der mehr aus Unkraut als aus den Pflastersteinen besteht. Es riecht nach feuchtem Laub und frischer Erde. Schweigend geht Marianna vorweg, biegt mal rechts ab, mal links. Als sie dort angekommen sind, was sich wie die hinterste Ecke des Friedhofs anfühlt, bleibt sie stehen.

Ungläubig blickt Federica auf eine Wiese voller weißer Kreuze, krumm und schief stecken sie in der Erde. Manche wirken fast neu, andere sind schon halb mit Moos bewachsen. Dazwischen billige Teddybären, verzottelt und verschmutzt von Regen und von der Sonne. Immer das gleiche Modell. Die Laterne vom Weg ist nicht hell genug, um zu sehen, wie viele es sind. Federica sackt in die Hocke und würgt.

„Fede?" Marianna legt ihr die Hand auf den Rücken und beugt sich zu ihr herab. Plötzlich zieht sie ihre Hand zurück. „Da ist es", flüstert sie.

Federica folgt Mariannas Blick und keine zwei Meter von ihr entfernt sieht sie es. Ein weißes Metallkreuz, in der Mitte zusammengehalten von drei Schrauben, darauf das Schild: Federica Bosco. AB 18/11/2021.

Federica dreht sich zur Seite und übergibt sich mitten auf den Weg. Ihr gelborangener Magensaft spritzt auf ihre weißen Superga-Sneaker. Heiser keucht sie und zieht die kalte Abendluft scharf ein. „Reiß' es raus", sagt sie. Und nochmal, lauter: „Reiß' es raus!"

Am nächsten Tag wacht sie im Bett von Marianna auf. Sie schlägt die Augen auf und starrt auf die Holzplanken, aus denen die Decke besteht. In Mariannas Wohnung sind sie naturbelassen. Federica mag das, sie stellt sich gern vor, was diese Planken in den 300 Jahren, die sie das Gebäude schon stützen, alles gesehen haben: Wie viele Streits, wie viele Tote, wie viele Geburten.

Mit einem Schlag ist alles wieder da: Die Teddys, die Kreuze, ihr Name, Oscars Grab... Federica beginnt zu schluchzen.

Marianna dreht sich zu ihr und legt ihr einen Arm auf die Seite.

„Fede, es tut mir so leid. Ich wünschte, ich könnte etwas tun."

Federica zuckt im Schluchzen mit den Schultern. „Es bringt doch eh alles nichts mehr."

„Wir sollten diese Verrückten verklagen. Das ist doch illegal! Die Namen auf die Kreuze zu schreiben. Das ist ein Verstoß gegen den Datenschutz! Mindestens! Diese verrückten Abtreibungsgegner sind doch im letzten Jahrhundert hängengeblieben."

Federica hört auf zu schluchzen. „Mari. Das ist doch verrückt. Du weißt ganz genau, dass ich mir keinen Prozess gegen Pro Vita leisten kann. Und dann auch noch in Rom."

Sophia Stahl
Die Haselnuss in der Tasche

Als Helmut aus dem Fenster schaut, sieht er ein Winterparadies. Eins, das nur auf leuchtende Kinderaugen, wilde Schlittenfahrten, Schneemänner und heißen Kakao wartet. Bei ihm verursacht aber schon der erste Blick in den weißen und gefrorenen Regen, der bald eh wieder zu einer grauen und dann schwarzen Pampe wird, Kopfschmerzen, direkt hinter den Augen. Mit fünf Jahren übergab er sich das erste Mal im Kindergarten wegen der Migräne. Seitdem kamen die Schmerzen immer, wenn er schlecht und zu wenig schläft.

Er presst seine Hände gegen die Augäpfel, doch es pocht und pocht. Mit geschlossenen Augen sieht er knopfgroße Migräne-Punkte im schwarzen Nichts, sie haben eine Farbe zwischen blau und grün. Türkis mit blauem Rand vielleicht? Doch in dem Moment, in dem er eine Farbe ausgemacht hat, verändert sich der Kreis wieder, ein weiterer pinker Kreis kommt dazu. Helmut presst seinen Mund zusammen, langsam wandern die Schmerzen in den Hinterkopf.

Sollte er nochmal ins Bett? „Komm jetzt, der Kaffee ist fertig", hört er Ulrike rufen. Also nein. Ein Fuß vor den anderen, er schleicht in die Küche. Jede Erschütterung spürt er im Kopf, als würden die Schädelknochen direkt auf seinem Gehirn liegen, ohne Polsterung dazwischen.

Geschrieben

Als er die Tür zur Küche langsam öffnet, hört er „Met you by surprise, I didn't realize that my life would change forever". Er kennt das Lied nicht. Empfängt Ulrike wieder etwas von drüben? „Good Morning. News-time!" Als er sich an den Tisch setzt, stellt er das Tischradio sofort ab. Ulrike will es wieder aufdrehen, doch er nimmt ihre Hände, hält sie fest, gibt ihr einen Kuss auf die Wange, dann noch einen und zur Sicherheit noch einen dritten. Ihr Mund lächelt, aber ihre Augen sind klein, angestrengt, sie atmet tief. Helmut weiß, dass sie das Radio wieder anmacht, sobald er geht. Nicht für die Musik, sondern für die Nachrichten aus dem Westen.

Ulrike streichelt Helmut über den Kopf, sie gießt ihm Kaffee ein: „Der wird helfen." Nach einer Tasse in Stille spürt Helmut, wie die Schmerzen weiter Richtung Nacken wandern. Bald wird es überstanden sein. Ulrike mustert ihn die ganze Zeit, sie sucht seine Augen, nimmt noch mal seine Hand, hält sie fast so fest, wie Helmut es getan hat, nachdem er das Radio ausgemacht hat. So, als wolle sie ihn nicht loslassen.

„Es wird schon besser, du musst dir keine Sorgen machen", sagt Helmut. Ulrikes Mundwinkel ziehen nach oben, sie lächelt ihn an. Dann gießt sie sich ein Glas Orangensaft ein. Immer wieder hatte sie nach ein bisschen Luxus geächzt. Der Saft war Helmuts Geschenk an sie, Zitrusfrüchte sind rar. Doch unter der Ladentheke beim Kiosk nebenan hat er Orangen für sie gekauft und dann Saft daraus gemacht. Vier Stück hat er kleingeschnitten und in heißem Wasser gekocht. Die klebrige Masse kam für vier Tage in den Kühlschrank und wurde dann mit einem Kilogramm Zucker und acht Litern Wasser noch mal aufgekocht. Er hat alles mit einem Sieb abgefüllt. Elf Flaschen kamen raus. Alle hat er Ulrike geschenkt.

Und jetzt entdeckt er jeden Morgen einen neuen Orangensaft-Fleck auf der weißen Tischdecke. Helmut freut sich darüber, die gelben Flecke erinnern ihn an Ulrikes Glück über den Orangensaft. Als er ihr den Saft geschenkt hat, haben sie drei Flaschen direkt getrunken und furchtbare Bauchschmerzen bekommen. Gemeinsam lagen sie im Bett, haben ihr Leid und ihre Freude über den Saft geteilt. Ob er trotz Übelkeit heute auch einen Schluck nehmen soll?

„Helmut, ich will dir gerne etwas sagen. Hast du noch Zeit?" Dienstbeginn ist immer um neun, in 15 Minuten. „Ich muss doch gleich zur Arbeit." „Es ist aber wichtig, du weißt doch, dass ich hier nicht richtig zurechtkomme." Die Lust auf den Orangensaft ist ihm vergangen. Immer nur wollen, etwas Neues probieren, woanders hin. Dabei haben sie doch alles. Ein Frühstück mit Kaffee, Orangensaft, viel mehr als die meisten hier. Er spürt die Wut, ihm wird schwindelig, so wie beim Streit vor einer Woche. „Ich muss jetzt los, du weißt, wie wichtig mein Dienst ist. Für uns alle!" Er steht auf, geht ins Schlafzimmer, Ulrike dreht ihr Gesicht weg. Sie antwortet ihm nicht.

Eingepackt

Die Sonne scheint direkt in sein Zimmer, reflektiert im Spiegel. Bloß nicht zu lange hinsehen! Es zieht immer noch in seinem Hinterkopf, sein verkrampftes Gesicht macht es wieder schlimmer. Der Lichtstrahl liegt auf seinem Kleiderstuhl und seiner Uniform. Er muss den Tag beginnen, die Pflicht ruft. Er zieht sich die graue Hose und Jacke an, steckt seinen Dienstausweis, die Pistole und neue Munition ein. Was ist mit der Handgranate in seinem Schrank? Braucht er sie heute? Erhitzt vom Streit, packt er sie neben die Taschenlampe in seine große Jackentasche. Die Aussicht, sie heute vielleicht zu benutzen, macht ihn nervös

Die Füße fühlen sich trotz der schweren Stiefel mit Metallschutz leichter, seine Rücken gerade. Hat er etwas vergessen? Er geht in die Küche, möchte Ulrike einen Abschiedskuss geben. Doch sie sitzt nicht mehr am Tisch.

Ein Zettel liegt neben einem Orangensaft-Fleck, sein Name steht drauf. Das H verschnörkelt, so wie es Ulrike immer bei seinem Namen macht, in zwei Minuten beginnt sein Dienst. Er schnürt die Stiefel, sie sind noch nass und müffeln. Lesen oder wegschmeißen? Wieso redet sie nicht einfach mit ihm? Stattdessen haut sie ab. Er spürt schon wieder die Wut, zieht noch mal fester an seinen Schnüren. Als er beide Stiefel zum zweiten Mal neu geschnürt hat, entscheidet er sich für eine Mischung: Er liest den Zettel nach der Schicht, er packt ihn ein, steckt ihn in seine Jackentasche neben die Handgranate. Die Schwiegermutter, die manchmal zum Putzen kommt, soll ihn auf keinen Fall vor ihm lesen.

Helmut donnert die Wohnungstür zu, er rast die Treppen runter, eigentlich beginnt genau jetzt der Dienst. „Sie sind aber heute wieder schnell unterwegs", bemerkt die Nachbarin. „Immer in den Diensten des Staates", antwortet Helmut und lacht. Seine Stiefel mit Metallkappe sind im ganzen Treppenhaus zu hören.

Als er die Haustür öffnet, schmeckt er die frische Luft auf der Zunge, reingewaschen durch den Schnee. Er hört ihn auch: Alles ist leiser, gedämpft durch die zwanzig Zentimeter dicke Decke. Neben den Mülltonnen hat sich eine Katze versteckt, sie schmiegt sich kurz an seine Stiefel. Sie müffeln wohl doch nicht so schlimm. Vielleicht wird heute doch ein guter Tag. Er probiert ein Stück Schnee und schmeckt den Dreck, zwei kleine Steine knirschen zwischen seinen Backenzähnen. Er spuckt sie gerade aus, als er ein Hupen hört: „Zur Bernauer Straße, Helmut. Da müssen wir hin", brüllt sein Kollege aus dem Fenster eines grauen Trabis.

Zerknüllt

Helmut rennt zum Wagen, er schlittert über eine gefrorene Pfütze, dreht sich um 90 Grad, und kommt kurz vor dem Trabi wieder zum Stehen. Eine neue Spur? Endlich der Durchbruch? Er öffnet die Tür. „Wie lange brauchen wir dorthin?", fragt er. „Ungefähr 20 Minuten." Er setzt sich rein, sein Kollege fährt los, bevor Helmut die Tür geschlossen hat. „Woher haben wir den Tipp?", fragt Helmut. Er spielt mit seinen Händen in den Jackentaschen, erst überprüft er, ob er die Handgranate dabei hat, dann zerknüllt er den Zettel von Ulrike, er hat jetzt die Form einer Haselnuss. Der andere Uniformierte antwortet: „Einer von uns war mal wieder in einem Studentenclub. Und hat sich da wohl ziemlich vollgesoffen, wie alle anderen. Und am Ende haben sich die Kurzen ausgezahlt. Ich habe ihm erst nicht geglaubt, aber es passt alles", seine Stimme ist fast nicht mehr zu hören. Der Motor kämpft gegen die Kälte draußen.

Seit dem Sommer verschwinden immer wieder junge Menschen in Ostberlin, fünf Frauen, acht Männer, zwischen 22 und 30 Jahren. Und sie kommen nicht zurück, sind wie vom Erdboden verschluckt. Seit vier Monaten überlegt Helmut jeden Morgen als erstes und jeden Abend als letztes, wo die Leute jetzt sind. Alle waren vorher im Club 82. Heute könnte er es lösen, aufsteigen, seinem Land einen Dienst erweisen. Das muss doch auch Ulrike einsehen. Er wäre nicht mehr so gestresst, hätte morgens für vier Orangensäfte und deren Fleckenentfernung Zeit. Er würde bestimmt auch noch mehr Orangen bekommen und müsste sich um den Club 82 keine Gedanken mehr machen. Er könnte in der Zeit mit ihr im Winter zum Schlittschuhlaufen und im Sommer zum Schwimmen. Heute Abend wird er ihre Notiz lesen, nach dem erfolgreichen Zugriff. Sein Ärger verfliegt.

Gefaltet

Er prüft noch mal die schwarze Handgranate in der Jackentasche. Liegt sie dort gut? Kann er sie schnell genug rausholen? Vor zehn Jahren im Sportunterricht hatte er das erste Mal eine in seiner Hand. Turnen mit Granaten: Er rannte schneller als der Klassenbeste mit der roten Attrappe in der Hand. Nie wieder hatte er solch einen Spaß im Sportunterricht gehabt. Er glättet Ulrikes Zettel heimlich, so dass es sein Kollege nicht sehen kann. Vielleicht ist der Zettel auch sein Glücksbringer heute.

Heute Abend wird bestimmt alles gut. Er erledigt seinen Auftrag, danach liest er die Notiz und findet heraus, wo Ulrike steckt. Sie würde ihn bestimmt auch jetzt anfeuern, so wie damals in der Schule, als sie Klassenkameraden waren und er mit der Attrappe in der Hand rannte.

„Der Club 82, da waren wir schon 100 Mal. Aber vorher hat niemand so viel getrunken", erklärt der Kollege weiter. „Voller Körpereinsatz!" Helmut lacht. „Und heute verschwinden wieder welche? Am helllichten Tag?", fragt Helmut. „Wir wissen, dass sie heute mit unserem Lockvogel um 11 dort verabredet sind." „Mitten am Tag?" „Ja, wir haben immer nur nachts gesucht, das ist wohl Teil des Tricks." „Scheibenkleister, bist du dir sicher?" Helmut spielt nervös am Zettel in der Tasche, er selbst hatte sich immer für die Nacht starkgemacht. Ulrike hat ihm zugestimmt. Niemand würde es mitten am Tag wagen. Und schon gar keine feigen Landesverräter. Helmut schüttelt sich bei dem Gedanken an sie.

„Ganz sicher!" Helmut atmet tief ein, er lag die ganze Zeit falsch. Aber wenn sie jetzt die Verräter schnappen würden, dann interessierte das danach auch keinen mehr. „Wie soll das heute ablaufen? Ist Verstärkung unterwegs?" „Wir warten vor der Bäckerei Schulze. Wenn wir unseren Lockvogel mit den Flüchtlingen sehen, folgen wir ihnen. Verstärkung kommt eine Viertelstunde später, damit wir nicht zu auffällig sind." „Wie viele wollen heute fliehen?" „Drei Trink-Kumpanen von unserem Lockvogel. Angeblich auch der Organisator." „Alles Männer?" „Was für eine Frage. Denkst du, eine Frau tanzt uns auf der Nase rum?". „So weit kommt es noch", beide lachen.

Helmut spürt durch das Adrenalin fast keine Kopfschmerzen mehr, aber er will es auch nicht darauf anlegen. Er kurbelt das Fenster runter, riecht wieder die Schnee-Luft. Kinder spielen im Schnee, sie machen Schneemänner, fahren Schlitten. Vielleicht möchte Ulrike doch bald Kinder mit ihm. Er kann ihr als erfolgreicher Leutnant der Staatssicherheit mehr bieten. Der Kollege fährt den Trabi langsamer. Helmut kann hören, wie der Schnee zwischen den Reifen zerquetscht wird. Ab jetzt müssen sie warten.

Dann: Flüstern von hinten, im Spiegel sehen sie zwei große Männer, bestimmt zwei Meter. Einer ist dick: Wie soll der denn durch einen Tunnel passen? Und der Dritte, der alle anführt, sieht sehr klein aus, vielleicht 1,65 Meter, wiegt wahrscheinlich nur ein Viertel vom Dicken. „Ist der eine noch ein Kind?", fragt Helmut. Sein Kollege legt den Kopf schief und lacht leise. Sie lassen die drei an ihrem Trabi vorbeigehen.

Als sie abbiegen, steigen Helmut und sein Kollege aus. Sie stampfen auf den Bäckerladen zu, mit ihren Stiefeln hinterlassen sie schwarze Abdrücke im Schnee, ihre Fäuste sind geballt. Sie haben heute einiges vor.

„Wo sind die drei Männer gerade hingegangen?" Zwischen dem billigen, subventionierten Brot steht eine Bäckerin. Helmut kennt den Geruch hier, es riecht nach Krusta. Ulrikes Lieblingsgebäck. In ein paar Stunden wird alles ausverkauft sein, es herrscht immer noch Getreideknappheit.

Berührt

Die Bäckerin sagt mit einer viel zu tiefen Stimme für ihr Alter: „Hier sind keine Männer reingekommen." Wahrscheinlich Kettenraucherin, denkt Helmut. Er presst die Zähne zusammen, lügen können sie dann immer gut, sie wollen den Staat immer betrügen, wissen seine Arbeit nicht zu schätzen. Dabei werden sie doch unterstützt, das Brot ist doch subventioniert!

Sein Kollege geht einen Schritt auf die Bäckerin zu. Helmut sieht, wie er nach der Pistole greift, er hält ihr sie genau vor das Gesicht. Doch sie bleibt stumm. Die Bäckerin setzt an und presst dann wieder ihre Lippen zusammen. „Sie schindet nur Zeit!", schreit Helmut und stellt sich neben seinen Kollegen. Sie muss reden. Doch ihre Augen erinnern ihn an sich selbst: Sie sind so zusammengekniffen wie seine, wenn er wütend ist. Sie weichen nicht zurück, sie starren zurück.

Die wird nichts sagen, denkt Helmut, während sein Kollege die ersten Brötchen aus dem Regal schmeißt. Er beginnt, auf ihnen herumzutrampeln. „Sag jetzt wo sie sind!" Dann fällt ein Schuss. Direkt der nächste, die Bäckerin hält sich die Ohren zu. Das ist ein Signal! Sie rennen von der Backstube in den Innenhof. Helmut fühlt sich leicht, er ist viel schneller als sein Kollege, folgt seinen Ohren in Richtung der Schüsse. Er rast die Kellertreppe herunter, nimmt drei Stufen auf einmal. Wenn sie die jetzt hochnehmen, dann kommt die nächste Beförderung.

Stopp! Fast wäre er gegen den Eingang gerannt, eine Wand und ein 50 Zentimeter großes Loch. Er hört den Lockvogel brüllen: „Kommt jetzt endlich!". Helmut holt die Taschenlampe aus der Tasche, streift dabei den Brief von Ulrike. Wie gut, dass er etwas von ihr dabei hat. Er lacht, jetzt geht es los. Er geht auf die Knie und krabbelt den Stimmen hinterher.

Seine Hände kratzen auf, immer wieder stößt er sich den Kopf an den Steinen der Tunneldecke. Dann sieht er den Lockvogel und einen anderen Mann, den Dicken natürlich. „Wo sind die anderen?". „Ich weiß nicht, ob du weiter reinwillst." Helmut schnaubt. Schlappschwanz, trinken kann er, verhaften nicht. „Helmut!", doch er drängt sich am Lockvogel und am Dicken vorbei. Er bleibt fast stecken, tritt den Dicken in den Bauch, der Lockvogel schreit nochmal, Helmut hört nicht hin.

„Das ist ein Befehl! Bleibt stehen!", hört er sich nach fünf Minuten schreien. Nur noch 100 Meter, dann müssten sie über die Grenze gekrabbelt sein, wie Käfer, Ungeziefer eher. Helmut hört Schreie von hinten und Geflüster von vorne. Und jeder würde dann in Berlin wissen: Die DDR wurde ausgetrickst. Zwei Flüchtlinge konnten trotz Einsatz über die Grenze krabbeln. Armselig wäre das.

Helmut spürt die Granate, er leuchtet in das Schwarze Loch, entsichert, schwenkt den Arm nach hinten. Sieht er da einen langen Haarzopf? Lange braune Haare? Aber das sind doch alles Männer? Helmut zieht den Verschluss ab, entsichert. „Helmut, nein!" Ehe er die Stimme wahrnimmt, hat er schon die Granate geworfen. In den Fluchttunnel zur BRD hinein.

Der ganze Tunnel verwandelt sich in einen dumpfen Knall, Helmut legt sich hin, er hält sich die Ohren zu. Er kann nicht zurück krabbeln, nichts von ihm will weitermachen.

Er merkt, dass er wie ein Schwerverletzter herausgezogen wird. Als er das erste Mal wieder die Augen öffnet, spürt er den Kopfschmerz hinter seinem Auge. Er blinzelt nur, sieht auch mit offenen Augen lauter Punkte.

Er spürt Hände auf seinen Schultern. Alle katschen. „Endlich haben wir den Fluchttunnel in den Westen!" Gebrüll. „Mensch Helmut, Junge! Ich bin stolz auf dich!" Der Oberstleutnant drückt ihn. Er antwortet nicht. „Jetzt geht's ins Revier!" Alle jubeln. Der dicke Fluchthelfer sitzt im Wagen, verhaftet, bald tot, denkt Helmut.

Gelesen

„Und nun feiern wir deine Beförderung!" Helmut hört, wie die Sektgläser klirren, seine Lunge rasselt, eine leichte Rauchvergiftung. Seine Ohren piepen. Beim ersten Schluck Sekt wird ihm übel. Sein Kopf hämmert. Er will nur ins Bett. Seine Uniform ausziehen und lesen. Eine Hand packt ihn. „Ich bringe dich jetzt nach Hause", sagt der Lockvogel aus dem Tunnel.

Wortlos steigt Helmut ein und wortlos steigt er wieder aus dem Trabi aus. Seine Hand fährt in die Jackentasche. Der Zettel hat sich mit einem Taschentuch verkeilt, er wirft das gelbe Taschentuch in den grauen Schnee, der langsam zu dreckigem Matsch wird, der durch seine Stiefel sickert. Morgen beim Dienst werden sie noch mehr stinken. Helmut faltet den weißen, unbefleckten Zettel, atmet aus und liest.

Lieber Helmut,

ich liebe dich und die Freiheit. Das wollte ich dir heute sagen. Bitte komm mit mir, ich warte auf dich in der Bäckerei Schulze, heute um 11 Uhr.

Verrate uns nicht, deine Ulrike

Tara Gottmann
Wunderpferd

„Traumtänzer siegt wieder", „Newcomer-Paar gewinnt Großen Preis", „Anna Müller und Traumtänzer für EM nominiert", „20-Jährige reitet den erfahrenen Routiniers davon" – Anna sah sich die ausgeschnittenen Zeitungsartikel über ihr Pferd und sich an. Es waren viele. Und ebenso viele Kaufangebote gab es. Anna und ihre Familie lehnten sie alle ab. Traumtänzer war unverkäuflich.

Sie las die Zeitungsartikel erneut durch, schaute die Fotos an und zog sich ihre weiße Reithose und ihr weißes Turniershirt an. Sie trat aus der Tür und ging die wenigen Meter bis zum Stallzelt. Anders als die Profireiter, die bei großen Turnieren in Hotels übernachteten, schlief Anna wie die Pferdepfleger im Pferdetransporter, den sich ihr Trainer von einem Freund geliehen hatte. Die Reitturniere waren ohnehin teuer, da sparte sich ihre Familie die Hotelkosten.

Traumtänzer wieherte ihr zu, als sie die Stallgasse betrat. Das schwarze Pferd ohne auch nur ein weißes Haar war etwas kleiner als die Pferde in den Boxen neben ihm. Anna nahm Traumtänzers Kopf in den Arm, schloss die Augen und atmete tief durch. Sie ging in die Box, putzte den Wallach, flocht seine Mähne ein und sattelte ihn. Schon war es an der Zeit, aufzusteigen.

Traumtänzer fühlte sich gut an. Anna spürte, wie er auf dem Vorbereitungsplatz lostrabte, fast ein wenig zu stürmisch. „Langsam, brr", sagte sie zu ihm. Der Wallach spielte mit seinen Ohren, war aufmerksam, hörte zu. Nach etwas Galopp ging es an die Aufwärm-Hindernisse. Erst ein niedriges Kreuz, bei dem Traumtänzer kaum einen Sprung machte, es war eher ein etwas größerer Galoppsprung, danach noch zweimal einen Steilsprung sowie einen Oxer in etwas höher. Das reichte schon.

„Anna Müller und Traumtänzer zum Start, bitte." Anna ritt in die Halle, die Zuschauer applaudierten. Traumtänzer wurde gefühlt einen halben Meter größer. Anna war sich sicher, dass der Wallach den Applaus liebte und genau wusste, dass das Klatschen ihm galt. Dann ging es los. Anna und Traumtänzer galoppierten an. Der erste Sprung war ein Steilsprung, einladend aufgebaut, um gut in den Parcours hineinzuführen.

Zwölf Hindernisse galt es zu überwinden, 15 Sprünge, denn es gab eine zweifache sowie eine dreifache Kombination. Beim Abgehen des Parcours mit ihrem Trainer hatte Anna sich die Wege angeguckt. Sie merkte sich nicht nur die Reihenfolge der Sprünge, sondern auch, wie viele Galoppsprünge sie zwischen den einzelnen Hindernissen reiten will.

Im Parcours fühlte sich alles an wie immer, Anna kennt Traumtänzer und weiß, wann er wie reagiert. Er war ihr erstes Pferd und sie hat vom ersten kleinen E-Springen bis zum internationalen Großen Preis alles mit ihm erreicht. Wunderpferd und Wunderkind wurden sie genannt. Die 20 Jahre alte Amateurreiterin und ihr 11 Jahre altes Pferd, die quasi über Nacht aus dem Nichts aufgetaucht waren. Die Zeitungen und Magazine berichteten über sie.

Es war Liebe auf den ersten Blick. Anna hatte sich so sehr ein eigenes Pferd gewünscht, aber ihre Eltern waren dagegen. Zwar unterstützten sie ihre Tochter bei ihrem Hobby, aber die wöchentliche Reitstunde musste reichen. Jede freie Minute verbrachte Anna im Reitstall, half mit beim Ausmisten, beim Pferde versorgen und durfte dafür manchmal Pferde aus dem Stall mitreiten. Ihr Reitlehrer förderte sie, so gut es ging. Für ihre Eltern war das genug.

Bis zur Auktion im Nachbarort vor fünf Jahren. Es wurden beschlagnahmte Pferde aus einer vom Veterinäramt aufgelösten Zucht versteigert. Insgesamt zwanzig Pferde vom sechs Monate alten Absetzer bis zur 20 Jahre alten ehemaligen Zuchtstute. Anna und ihre Freundinnen gingen hin, ihren Vater überredete sie ebenfalls, mitzukommen. „Nur gucken, wir müssen ja nicht mit bieten."

Als Anna Traumtänzer sah, war es um sie geschehen. Ihr Vater lachte „Der? Das kleine Pferd? Der ist so hässlich und dann heißt er auch noch Traumtänzer." Ganz Unrecht hatte ihr Vater nicht. Der schwarze Wallach war laut seinem Pass sechs Jahre alt, wirkte aber eher wie drei. Er war knapp 1,60 Meter groß und mager. Anna konnte mit bloßen Augen seine Rippen sehen. Seine Mähne war lang und verfilzt. Das Fell matt und struppig. Die Augen waren ebenso matt. Und doch, irgendetwas zog Anna an.

Als Traumtänzer in die Halle kam, bot niemand. Niemand wollte dieses kleine, schwarze Pferd haben.

„Papa, bitte."

„Nein, was willst du denn mit dem?"

„Guck doch mal, er sieht so lieb aus, was soll denn aus ihm werden?"

Ihr Vater bekam Mitleid, er hob die Hand, der Auktionator hämmerte dreimal und das Pferd gehörte ihnen. Für 500 Euro, das Startgebot. Traumtänzer zog direkt mit um. Niemand wusste so recht, was Anna mit diesem kleinen Pferd wollte. Niemand außer ihr Reitlehrer, ein älterer Mann, der schon sein ganzes Leben mit Pferden zu tun hatte. „Warte mal, wie der aussieht, wenn er sich erholt und zugenommen hat."

Es dauerte nicht lange, da begann Traumtänzers Fell zu glänzen, seine Augen wurden wacher und er nahm zu. Anna arbeitete viel am Boden mit ihm, sie wollte ihn erst reiten, wenn er kräftiger war.

Beim ersten Aufsteigen war sofort klar, dass Traumtänzer bereits geritten war. Nach einiger Zeit ritt Anna in der Springstunde mit. „Anna, das ist ein Springpferd!", rief ihr Reitlehrer. Von da an ging alles ganz schnell. Schon bald starteten sie bei kleineren Turnieren, dann bei größeren, fuhren zu internationalen Turnieren und wurden dann in den Kader einberufen. Anna ging es gar nicht so sehr um die Turniererfolge. Sie wollte einfach nur Spaß mit ihrem Pferd haben. Die Springturniere machten Spaß. Ihr Trainer unterstützte sie und bestärkte sie darin, dass sie dieses Pferd nie verkaufen dürfe.

Sprung 1, 2 und 3 nahmen sie aus dem Fluss mit, bis zu Sprung 4, einem breiten Oxer, der Türme als Fangständer hatte und dadurch noch gewaltiger wirkte, waren es acht Galoppsprünge. Kurz vor dem Absprung schüttelte Traumtänzer mit dem Kopf. Sie hoben ab, die hintere Stange fiel. „Was war das denn?" Sie sah zu ihrem Trainer auf der Teilnehmertribüne. Er zuckte mit den Schultern, die Hände in den Jackentaschen. Anna hatte keine Zeit, sich über den Fehler Gedanken zu machen, sie galoppierte durch die Kurve und auf den nächsten Sprung zu. Traumtänzer überwand ihn ohne Probleme. Auch die nächsten beiden Sprünge passten. Nun ritt Anna erneut eine Distanz, der Sprung stand neben dem Oxer, an dem sie den Fehler hatten. Traumtänzer schlug wieder mit dem Kopf, sprang ab und streifte mit seinen Hinterbeinen die hintere Stange ab. „Was war das?" Anna überlegte, was sie falsch gemacht hatte, aber dafür war keine Zeit. Sie musste den Parcours zu Ende reiten. Eigentlich wollte sie aufgeben, mit zwei Fehlern war sie ohnehin nicht mehr im Stechen und nicht mehr platziert, aber sie ritt noch über die letzten Sprünge. Das letzte Hindernis, ein schmal gebauter Oxer, ging in Richtung Teilnehmertribüne. Traumtänzer schüttelte kurz vor dem Sprung seinen Kopf, wieder gab es einen Abwurf. Ihr Trainer schüttelte mit dem Kopf. Hatte er gerade wieder seine Hände in den Taschen vergraben?

Anna konnte ihre Enttäuschung nicht verbergen. Die Tränen rannen ihr übers Gesicht, als sie im Schritt am hingegebenen Zügel in die Abreitehalle ritt. Traumtänzer schnaubte, er schritt energisch vorwärts. „Was ist nur los mit ihm? Was mache ich falsch?"

Vor wenigen Monaten waren sie noch die Shootingstars der Springsportszene, Traumtänzer wurde als Wunderpferd bezeichnet. Nun kamen sie nicht einmal mehr fehlerfrei durch den Parcours. Im Training klappte alles, auf dem Vorbereitungsplatz auch. Anna konnte es sich nicht erklären. Noch standen sie auf der Shortlist für die Weltmeisterschaften. Es wäre ihr erstes Championat gewesen.

„Jemand sabotiert euch!", sagte Max, der auf dem Abreiteplatz Schritt ritt, und mit dem sie auf fast jedem Reitturnier die gleichen Springprüfungen reitet.

„Warum sollte das jemand tun?"

„Um eure Chancen zu schmälern? So wird das doch nichts mit der Nominierung."

„Aber warum?"

„Ihr habt immer Fehler bei Sprüngen, die in die gleiche Richtung aufgestellt sind"

„Ja, und? Ich mache bestimmt etwas falsch."

„Immer? In jedem Springen? Das glaubst du doch wohl selber nicht."

„Oder Traumtänzer ist krank. Vielleicht tut ihm etwas weh und er schüttelt deshalb seinen Kopf."

„Und zu Hause ist er nicht krank oder was? Rede dir doch selbst nichts ein! Dein Trainer sitzt immer genau da, wo ihr Fehler habt. Ist dir das mal aufgefallen?"

Nein, das war es nicht. Ihr Trainer? Ihr eigener Trainer? Der Einzige, der an Traumfänger geglaubt hatte. Warum sollte er ein Interesse daran haben, dass seine Reitschülerin schlecht bei Turnieren abschneidet? Das ergab doch gar keinen Sinn? Sie überlegte weiter. Vor ein paar Wochen hatte sie mitbekommen, wie ihr Trainer und ihr Vater sich stritten. Mit hochroten Köpfen schrien sie sich an, als sie am Reitplatz standen. Anna ritt am anderen Ende des Platzes Schritt und hörte nichts. Sie wusste nicht, worum es ging, aber sie fragte auch nicht nach. Hatte das damit zu tun?

Nach zweieinhalb Stunden waren sie zu Hause im Reitstall angekommen. Es war eine kurze Anreise im Vergleich zu den Turnieren, bei denen sie in diesem Jahr waren – Falsterbo, München, Wien, Stuttgart, Valencia, Rom, Barcelona.

Anna lud Traumtänzer vom Transporter und brachte ihn in seine Box. Aus der Futterkammer holte sie ihm Hafer und Pellets und gab ihrem Pferd zu fressen. Zufrieden schnaubte der Wallach in seinen Futtertrog und kaute entspannt. Er machte überhaupt keinen kranken Eindruck.

Sie ging zurück zum Transporter und lud alles aus, den Sattel, die Trense, die Gamaschen, das Putzzeug, die Tasche mit den Startnummern, die Satteldecke, die Aufstiegshilfe. Ihr Vater half ihr beim Auspacken.

Als Anna gerade ihren Sattel in die Sattelkammer bringen wollte, hörte sie ihn telefonieren. Seine Stimme klang wütend, sie konnte jedoch nicht verstehen, was er sagte und mit wem er sprach. Sie ging dichter an die Tür ran, lehnte ihr Ohr an und lauschte. „Meine Kunden wollen kein krankes Pferd kaufen. Ganz offensichtlich stimmt etwas mit Traumtänzer nicht, das Pferd ist doch keine 750.000 Euro wert. Wir treten vom Kaufvorhaben zurück!", schallte es aus dem Handy.

Pascal Hesse
Koma

1

Tiefstes Schwarz erfüllt den Raum. Vantablack, das schwärzeste Schwarz auf dem blauen Planeten. Die Zeit ist nicht fassbar.

Ein Bild taucht auf. Salvador Dalí, ‚Der Apotheker von Ampurias auf der Suche nach dem absoluten Nichts'. Eines meiner Lieblingsbilder.

In der Ferne ein Dorf, ein Berg, Hügel, ein paar Wolken. Der Apotheker mit gesenktem Haupt, ein Bein auf einem Stein abgestützt, auf den Boden starrend.

Das Bild hat mich seit jeher berührt. Es hängt im Museum Folkwang in Essen. Ich kann nicht zählen, wie oft ich schon dort einkehrte, um mich halbstundenlang vor das Bild zu stellen, um Kraft, Inspiration und Motivation zu tanken.

Dann stehe ich vor dem Werk, halte eine imaginäre Tasse frisch gebrühten Kaffees in Händen. Der Duft gemahlener Bohnen dringt mir in die Nase, der Wasserdampf legt sich wie ein Schleier vor meine Augen. Was mag der Apotheker denken, was fühlen, was riechen, was suchen?

Ich schlürfe am Kaffee.

Plötzlich durchflutet eine Tonfolge Raum und Zeit.

Piep. Piep. Piep. Piep. Pieeeep. Piep. Piep...

Zur Tonfolge gesellt sich ein Lichtpunkt am Horizont, so weit weg und so klein, dass er kaum zu erkennen ist. Irgendetwas ist dort. Doch was?

Und wie komme ich dorthin?

Piep. Piep. Piep. Piep. Pieeeep. Piep. Piep...

Langsam, sehr langsam, lüftet sich der schwarze Schleier. Dem Piepen gesellen sich dumpfe Töne hinzu.

Ein anderes Werk von Dalí kommt mir in den Sinn, ‚Die Beständigkeit der Erinnerung'. Im Volksmund als ‚zerlaufende Uhren' bekannt. Dem blassen Weiß, das mit der Zeit näher zu kommen scheint, ordnen sich Rot, Gelb und Blau hinzu, vermischen sich zu einem undeutlichen, noch blassen Farbklecks, an dessen Rändern sich allmählich Formen auftun: klitzekleine Flecken und Fäden, ja, kleine Würmchen auf der Linse meines Auges. Dahinter: Ein bunt vermengtes Etwas. Dalí würde es wohl mit dem Pinsel in Form bannen.

Plötzlich vermischen sich die Farben zu einem erkennbaren Bild, wechselt die Tonfolge in einen Dialog. Es flimmert am Horizont, es tönt von überall her.

Ich erblicke einen Fluss, grün statt blau, einen großen Turm mit vier Pfeilern ganz aus Metall und nur einer Spitze, die in den Abendhimmel ragt. Ich erblicke ein Monument, einen Bogen, um den sich kreisförmig und über acht Spuren Fahrzeuge schlängeln, aufgefädelt wie an einer Perlenkette. Dann ein Café an der Ecke, das kenne ich. Eine große Treppe führt nach oben; Tische, Stühle und Dekor sind ganz im Stile der Renaissance gehalten: dunkles Holz und Schnörkel, viel Schnörkel, soweit das Auge blicken mag. Hier servieren sie sehr gute Baguettes und Croissants, dazu ein Café au Lait. Das gab es für mich zumindest damals, es war in der neunten Klasse – ein Ausflug mit meinem Französisch-Kurs der Realschule.

Dann wird es wieder dunkel.

2.

Ich bin im 10. oder 11. Arrondissement. Es ist laut an diesem Abend, tumultartig laut.

Menschen rennen panisch davon. Schreie. Vögel fliegen aufgeschreckt in die Höhe, wie sich Menschen den Weg in die sichere Komfortzone bahnen, dorthin wo sie sich wohl fühlen. Die ist irgendwo, irgendwo anders, nur eben nicht hier. Hier wartet auf sie das absolute Nichts:

Stille und Dunkelheit – Vantablack, das schwarzeste Schwarz auf dem blauen Planeten. Und davon sehr viel, genug für die Ewigkeit.

Die Schreie durchdringen meinen Kopf. Eine Sprache, die ich kenne, doch Worte, die ich nicht verstehe. Es sind zu viele, wirr quirlen die Worte durcheinander. Panik.

Qu'est-ce qui se passe ?

Quelqu'un peut-il me dire ce qui s'est passé?

Où tout le monde court-il?

Quelqu'un a-t-il besoin d'aide?

Ich will mit, ich will zu ihnen sprechen, doch kein Ton verlässt die Schwelle meiner Stimmbänder. Ich bleibe stumm. Niemand antwortet mir. Ich bleibe starr. Niemand sieht mich. Ich bin nicht da.

Und doch bewegt sich die Welt um mich herum weiter, wird schneller, lauter, schriller, führt Kriege, hungert, lebt und stirbt, schickt Raketen in den Orbit, greift zu den Sternen und erkundet den Grund der Weltmeere, von Wissen getrieben und vom inneren Antrieb.

In der Ferne flimmert es. Immer dieses Flimmern, das sich tief in meinen Kopf brennt.

Minuten, Stunden, Tage – wer weiß wie lange schon? Ich nicht.

Eine Detonation reißt mich aus der Achtlosigkeit.

Sie presst mich zurück ins tiefschwarze Nichts.

Dann eine zweite, eine dritte, eine vierte.

Es hämmert in meinem Kopf.

Ich erschrecke.

130 Menschen sind tot, 683 verletzt. Ausnahmezustand für Frankreich und Korsika. Der ‚Plan rouge' tritt in Kraft. Das Militär macht mobil. Tausende Soldaten eilen durch die Straßen. Die Außengrenzen der EU werden gesichert. Sicherheitsräte tagen, Regierungschefs treten vor die Kameras. Eine TV-Schalte jagt die nächste. Beruhigung der Menschen, das geht anders. Es herrscht Terror in Europa. Oder Krieg? Ich weiß es nicht.

Es strengt mich an, es macht mich müde.

Dann wird es wieder dunkel.

3.

Es ist wieder laut. Diesmal liege ich in einem schmalen Bett, wohl irgendwo in einem Bunker, das vermute ich zumindest, hinten, seitlich sind Bügel. Überall ist Beton, alles verbaut, alles trist und farblos. Das muss ein Bunker sein!

Ich höre, sehe, rieche keine andere Person im Raum.

Das Piepen meldet sich zurück. Die Tonfolge, sie ist anders als letztes Mal, aber verlässlich – eine Konstante in dieser so ungewöhnlichen Zeit.

Pieeep. Piep. Piep. Pieeep. Piep. Piep. Pieeep...

Der Schleier vor meinem Auge, er ist nun weiß. Als würde Neonlicht durch einen Spalt der Kühlschranktür den Raum durchfluten.

Paris et Saint-Denis; war ich dort? Und was ist dort passiert? Meine Hände zittern.

Ich bin Linkshänder. Türen öffne ich mit links, das Messer halte ich in der linken Hand. Und wenn ich stolpere, ich schnell reagieren muss, schnellt meine linke Hand nach vorn oder schützend vors Gesicht. Meine linke Hand bestimmt mein Tun, wenn Extreme auf mich einwirken. Doch sie ist meine schwache Hand – seit einem Sportunfall in meiner Jugend. Auf dem Weg zum Spielfeld brach ich mir das Handgelenk bei einem Sturz von der Treppe. Notarzt. Krankenwagen. Mehrere Operationen. Sechs Wochen Schulfrei. – Sportunfall hört sich besser an.

Doch ich bin Rechtshänder, das sagten sie mir jedenfalls in der Grundschule. Ich schreibe mit rechts. Die rechte Hand greift zum Kaffee. Sie kramt nach dem Schlüssel in der Hosentasche und bedient das Smartphone, wischt nach oben und unten, nach links wie rechts. Mit rechts aber konnte ich nie das Messer halten oder gar etwas in zwei teilen, so ließ ich manches Schneidgut über den Tisch schnellen, so manche Bockwurst aus der Suppe springen. Bis ich irgendwann entschied, dass die Gabel in die rechte und das Messer in die linke Hand gehört – abgeguckt bei anderen, die durften, was mir fremd war und doch so vertraut. Linkshänder, so was hatten wir in der Grundschule nicht.

Mein Kopf lässt sich nicht bewegen. Er wiegt schwer, als ob Steine auf ihm liegen. Ein Widerstand drückt mich ins Kissen; am Hals schmerzt es: rechts, da wo meine linke Hand nicht hinkommt. Ihre Last kann ich nicht heben. Mir fehlt die Kraft.

Das verschwommene Bild vor meinem Auge, es wäre nicht da, säße meine Brille auf meiner Nase. Aber da sitzt sie nicht. Sie ist weg. Irgendwo hin. Obgleich ich sie mehr brauche, denn je: Sie ist nicht da.

Die rechte Hand kann ich bewegen, ich taste: Stoff, es muss ein Tusch sein, wohl eine Bettdecke. Daneben ein rundes Etwas. Ich ertaste dieses Ding. Mit etwas Kraft kann ich es zusammendrücken.

Das Piepen wandelt seine Tonfolge.

Entlang des runden Etwas taste ich mich zu mehreren übereinander liegenden runden Strukturen. Wo führt dieses Etwas hin, das mich umgibt und Töne ändert, wenn ich nur fest genug drücke?

Mit aller Kraft ziehe ich an diesem Ding: einmal, zweimal, dreimal. Ein Knall, etwas geht zu Boden.

Das Piepen gerät wieder in meinen Fokus. Es wird monotoner, wandelt sich zu einem einzigen Dauerton. Dem Dauerton gesellt sich eine weitere Tonfolge hinzu, schrill und unüberhörbar. In der Ferne flackert es. Interessant. Das ist neu.

Der weiße Stoff, er färbt sich rot.

Plötzlich durchfluten Geräusche den Raum. Farbkleckse springen hinter dem Schleier vor meinem Auge auf und ab, wechseln von links nach rechts, von oben nach unten. Ich spüre Bewegungen, aufgewirbelte Luft, die über meine Haut zieht und Härchen in die Höhe schnellen lässt. Berührungen sind zu erahnen, aber wo an meinem Körper? Er verfällt in ruckartige Bewegungen.

Schwindel stellt sich ein, alles vermischt sich: Geräusche, Farben, die unscharfe Szenerie vor meinen Augen. Das Bild, es wandelt sich, verliert Farbe und wird zu einem weißen Punkt, der blasser wird, bis er am Horizont verschwindet.

Dann wird es wieder dunkel.

4.

Ich öffne meine Augen und sehe die Betonwände des Bunkers. Doch etwas ist anders. Es ist kein Piepen zu vernehmen, dafür Lärm von außerhalb. Das Bild ist klar.

Zwei Krankenschwestern eilen über den Gang, Ärzte, Männer und Frauen in militärischer Kleidung folgen. „Wir müssen sie alle verlegen, schnell, bevor sie kommen", sagt einer der Uniformierten.

Die Tür schnellt auf, zwei Krankenschwestern eilen an meine Seite. Dann bewegt sich das Bett.

Ich bin nun draußen, auf einem Platz. Wieder sehe ich Militärs und Krankenschwestern, so wie man sie aus Filmen kennt, die in den 20er und 30er Jahren des letzten Jahrtausends spielen. Merkwürdig. Surreal.

Ein metallenes Ungetüm baut sich vor mir auf, in Camouflage und aus Stahl, so kalt dreinschauend wie ich mich fühle. Die Militärs öffnen die hinteren Türen, erst links, dann rechts. Sie schieben mein Bett dorthin. Dann: ein Ruck.

Es ist ein Militärhubschrauber, in den ich da verfrachtet werde, redet mir eine der Schwestern mit sanfter Stimme gut zu. Sie spricht leise, zu leise, um die Geräuschkulisse zu durchdringen und zu verstehen, was sie mir sonst noch mitteilen möchte.

Der Himmel, auf den ich einen kurzen Blick erhaschen kann, färbt sich dunkel. Ein Gewitter naht, oder ein Gewittersturm? Vielleicht beides und vielleicht ist beides schon da. Der Rotor dreht sich schneller, lauter. Dann hebt die Maschine ab.

Ich bin über den Straßen Hamburgs, so viel kann ich nun erkennen: die Deichtorhallen, daneben der Hauptbahnhof, das Hotel. Dort bin ich schon einige Male eingekehrt. Die Speicherstadt, die Verladekräne im Hafen. Der Duft von frischem Fisch. Wir fliegen gen Norden.

Das Ziel: eine Universitätsklinik in Skandinavien, irgendetwas Militärisches. Das höre ich mit, als sich die Piloten unterhalten.

Hoffentlich haben Sie da oben wenigstens ein paar Werke von Dalí ausgestellt.

Es dauert nicht lange und das Bett steht wieder in einem Krankenzimmer. Wieder so ein Bunker, wieder dieses Piepen.

Piep. Piep. Piep. Piep. Pieeeep. Piep. Piep...

Doch etwas ist anders als zuvor. Ich sehe das Bett – nicht wie vorher, sondern in seiner vollen Pracht – und mich mittendrin. Ich erkenne Geräte, viele davon. Ich sehe einen Tisch, einen Stuhl, Zeitungen, Bücher. Ich sehe die Bettdecke, das Kissen, die Lampen an der Decke, den Mülleimer in der Ecke – und Menschen. Es sind Ärzte, drei an der Zahl, die mir wichtig scheinen. Ich sehe sie gestochen scharf und höre sie mit jeder Silbe, die ihre Lippen verlässt.

Die drei sprechen über mich und über meine „Chancen". „Ein paar Prozent", kaum der Rede wert, sagt der eine. Man sollte mit den Angehörigen darüber sprechen, die Maschinen abzuschalten, entgegnet der andere. Die anderen beiden nicken ihm schweigend zu. Es folgt etwas Fachsimpelei, ein Blick auf für mich undefinierbare Zahlen und Werte auf mehreren hell erleuchteten Monitoren an der Wand, auf denen Linien auf und ab springen und Zahlen hoch und runter wechseln. Und auf hieroglyphenartiges Gekritzel auf Papier, das einer von ihnen auf ein Klemmbrett gebannt hat. Fachsimpelei, zwischendurch Belangloses, ein Scherz. Es wird gelacht.

Dann sehe ich den Raum nicht mehr, nicht die Männer in Weiß, nicht die Dinge um mich herum. Das alles verblasst, es verschwindet im Nichts.

Es strengt mich an, es macht mich müde.

Dann wird es wieder dunkel.

5.

Das Piepen ist wieder da; dieses Mal kein Dauerton.

Ich bin erschöpft und fühle mich wie der Apotheker von Ampurias, suche nach dem absoluten Nichts.

Meine Augen sind geschlossen. Nur ein paar klitzekleinen Flecken und Fäden, ja kleine Würmchen auf der Linse meines Auges, bewegen sich mäßig schnell von rechts nach links, von oben nach unten. Dahinter: ein bunt vermengtes Etwas.

Nichts neues, der gleiche Einheitsbrei wie so oft in dieser Zeit.

Meine Arme und Beine spüre ich, kann sie aber nicht bewegen. Und nicht meinen Kopf oder Hals. Dafür wurde gesorgt, werde ich viel später erfahren. Zu meiner eigenen Sicherheit.

Alles wiegt schwer, fest verzurrt, kein Entkommen scheint möglich.

Rien ne va plus.

Die Zeit vergeht; wie lange weiß ich nicht. Meine verbliebenen Sinne versuche ich tiefer zu ergründen.

Ich konzentriere mich mit aller Kraft auf die Töne und Geräusche in meiner Umgebung, versuche Gerüche wahrzunehmen und zu bestimmen. Und ich stelle meinen Geschmack auf die Probe, erschmecke meine Umwelt.

Doch halt, was ist das?

Mit dem einzigen Muskel, der mir noch gehorcht, übe den ich die vollständige Kontrolle besitze, ertastete ich etwas völlig Unbekanntes in meiner Mundhöhle.

Die Zunge streift vorbei an einem merkwürdigen Ding, schmiegt sich an: wieder etwas Rundes. Sein Material: undefinierbar. Es schmeckt nach nichts, absolut nichts. Diesem runden Etwas von seinem Anfang bis zu seinem Ende zu folgen, gleicht einer unbezwingbaren Herausforderung: so wie jene, um bei Dalí zu bleiben, Werke des Künstlers ganz ohne Farben, ganz in schwarz-weiß, in den Galerien und Museen der Welt ausfindig zu machen. Ein Ding der Unmöglichkeit.

Mit etwas Kraft drücke ich das runde Ding an, versuche, Druck auszuüben. Es funktioniert. Erneut setze ich an. Wieder bahnt sich das Etwas ein Stück mehr seinen Weg heraus aus meinem Mund. Beim dritten Anlauf, der die Anstrengung eines Halbmarathons in meiner Zungenspitze konzentriert, bewegt sich das Rund nun noch ein kleines Stück.

Das Piepen gerät wieder in meinen Fokus. Es wird lauter, schneller. Wieder gesellt sich eine weitere Tonfolge hinzu, schrill und unüberhörbar. In der Ferne flackert es abermals.

Vor meinem geistigen Auge türmen sich Stühle auf, wie die in einem Gotteshaus – gestapelt unter der Treppe für die nächste große Christmette, wenn sie rausgekarrt und verteilt im Kirchenschiff in jeder noch so kleinen Lücke platziert werden. Es sind hunderte, tausende, zehntausende dicht an dicht gequetschte Sitzmöbel, keine noch so kleine Lücke ausgespart. Ich hocke dazwischen, eingeklemmt, kann mich nicht bewegen.

Das Atmen fällt mir schwerer, immer schwerer. Schwindel stellt sich ein, alles vermischt sich: Geräusche, Farben, die unscharfe Szenerie vor meinem Auge. Vielleicht habe ich mich zu sehr angestrengt bei dem runden Etwas? Die Stühle fallen auf mich ein, drücken von links und rechts auf meine Brust. Sie erdrücken mich.

Das Neonweiß im Raum nimmt ab, mehr und immer mehr.

Ich kann nicht mehr atmen. Ich bekomme keine Luft.

Ich spüre noch, wie das runde Etwas von außen mit Druck zwischen meinen Zähnen zurück in meinen Hals gedrängt wird. Die Luft kommt zurück, Sauerstoff durchfließt meine Lungenflügel, erst den linken, dann den rechten. Ich verspüre ein Kitzeln überall, so wie jenes, das sich bei einer Gänsehaut die Nervenbahnen von Händen und Füßen empor ins Gehirn bahnen und ein Schütteln auslösen. Ich schüttle mich nicht.

Es strengt mich an, es macht mich müde.

Dann wird es wieder dunkel.

6.

Es ist so hell. Ruckartig werde ich aus dem Schlaf gerissen.

Piep. Piep. Piep. Pieeeep. Pieeeep. Pieeeep. Pieeeep …

Die Tonfolge wandelt sich.

Das Ding zwischen meinen Zähnen, es streift meine Zunge, meine Zähne, meinen Mund, bis es plötzlich nicht mehr da ist. Das grelle Ultra-Weiß vor meinen Augen löst sich in kräftige Farben auf. Ein Bild entsteht, unklar, verschwommen. Etwas nähert sich .

Eine Nase, ein Mund, Ohren – ich erkenne ein Gesicht. Es ist einer der drei Ärzte.

Seine Lippen öffnen sich, seine Stimme hebt an, dann ein Satz, den ich verstehe.

„Da sind wir ja wieder."

Der Arzt greift zum runden Etwas in meinem Hals. Mit einem Ruck zieht er es heraus.

Mit beruhigender Stimme stützt er sich auf das Krankenbett, drückt seinen Damen mit aller Kraft auf meinen Hals. Mein Kopf wird ins Kissen gedrückt und doch spüre ich, dass eine Last entweicht: die Tristesse von Raum und Zeit, das absolute Nichts.

„Machen Sie sich keine Sorgen, alles wird gut. "Wir helfen ihnen schon auf die Beine."

Er redet weiter. Der Mann auf der Bettkante gibt noch viel Worte und Sätze von sich, nicht an mich gerichtet, sondern eine Schar von Studierenden, angehende Mediziner, die sich um mein Bett aufgebaut haben. 20 Minuten stützt er sich ab und redet, redet und redet. Ich bin wohl etwas Besonderes, denke ich. Es geht um Chancen, um Handeln, um Notwendiges – alles gespickt mit reichlich Fachsimpelei. Dem zu folgen, fällt mir schwer. Ich versuche zu sprechen, ihn zu erreichen, ihn zu fragen, was ist.

„Wo bin ich?"

Ich keuche die Worte heraus. Der Mediziner wird aufmerksam, dreht sein Ohr meinem Mund entgegen. Ich bündle meine Kräfte und keuche erneut.

„Wo bin ich?"

Im Universitätsklinikum Essen entgegnet mir seine Stimme.

„Was ist passiert?"

Der Arzt erklärt mir mit ruhigen Worten, ganz sanft und verständnisvoll, dass ich in den Tiefschlaf versetzt wurde, im Volksmund künstliches Koma genannt. Er und sein Team hätten mich an die Dialyse angeschlossen, eine Maschine zur Blutreinigung, und an die ECMO, ein technisches Ungetüm, das in den vergangenen Wochen meine Atmung übernahm, nachdem meine Lunge am Ende war. Zwischendurch habe man mich fixieren müssen, da ich mir den Schlauch der Dialyse fast rausgerissen und eines der Geräte umgerissen hätte.

Warum das alles notwendig war? Ich hatte eine schwere Lungenent-
zündung, mehrere meiner Organe versagten, mein Körper schaltete ab
– und die Chancen zu überleben waren sehr schlecht, im einstelligen
Prozentbereich. Kaum messbar, kaum fassbar.

„Wahrscheinlich haben Sie davon nichts mitbekommen. Sie haben tief
und fest geschlafen, bis auf ein paar wenige Wachphasen. Jetzt wird
alles wieder gut; Sie sind über den Berg."

Der Apotheker von Ampurias, mit gesenktem Haupt, das rechte Bein
auf einen Stein abgestützt, auf den Boden starrend, kehrt zurück ins
Museum – an seinen angestammten Platz, dort wo er hingehört. Er
wartet auf mich, auf meinen frisch gebrühten Kaffee, den Duft gemahlener Bohnen.

TANZ MIT MIR